芥川龙之介集

芥川龙之介 著 鲁迅等 译

当代世界出版社

图书在版编目（CIP）数据

芥川龙之介集 /（日）芥川龙之介著；鲁迅等译．—北京：当代世界出版社，2015.1

ISBN 978-7-5090-1007-5

Ⅰ. ①芥… Ⅱ. ①芥… ②鲁… Ⅲ. ①中篇小说－小说集－日本－现代 ②短篇小说－小说集－日本－现代 Ⅳ. ①I313.45

中国版本图书馆 CIP 数据核字（2014）第 269090 号

书　　名： 芥川龙之介集
出版发行： 当代世界出版社
地　　址： 北京市复兴路 4 号（100860）
网　　址： http：//www.worldpress.com.cn
编务电话：（010）83908456
发行电话：（010）83908409
（010）83908377
（010）83908455
（010）83908423（邮购）
（010）83908410（传真）
经　　销： 全国新华书店
印　　刷： 北京市玖仁伟业印刷有限公司
开　　本： 880 毫米×1230 毫米　1/32
印　　张： 7
字　　数： 140 千字
版　　次： 2015 年 1 月第 1 版
印　　次： 2015 年 1 月第 1 次
书　　号： 978-7-5090-1007-5
定　　价： 35.00 元

出版总序

民国时期是中国从近代社会向现代社会转型蜕变的一个重要历史阶段。这个时期，政治风云变幻，思想文化激荡，内忧外患迭起。国家政治、经济、文化等均发生了翻天覆地的变化。新与旧、中与西、自由与专制、激进与保守、发展与停滞、侵略与反侵略，各种社会潮流在此期间汇聚碰撞，形成了变化万千的特殊历史景观。民国时期所出版的文献则是这一历史时期的全景式纪录，全面展现了民国时期波澜壮阔的历史画卷；精彩呈现了风云变幻的历史格局；生动描绘了西学东渐，学术思想百家争鸣的繁荣局面；真实叙述了中华民族抵御外族入侵，走向民族独立的斗争历程。因此，民国文献具有极其珍贵的历史文物性、学术资料性及艺术代表性。

民国时期是我国近代出版业萌芽和飞速发展的一个时期，规模层次各不相同的出版机构鳞次栉比，难以胜数。既有商务印书馆、中华书局、开明书店、世界书局、大东书局等这样著名的出版机构，亦有在出版史上昙花一现、出版物硕果仅存的小书局。对于民国时期出版物的总量，目前还没有非常精确的统计。国家图书馆在20世纪90年代，联合上海图书馆、重庆图书馆，以三馆馆藏为基础整理出版了《民国时期总书目》，收录中文图书124040种。据有关学者调查统计，这一数量大约为民国时期图书总出版量的九成。如果从学科内容区分，人文社会科学方面的出版物在数量上占绝对优势。

国家图书馆是国内外重要的民国文献收藏机构，馆藏宏富，并且作为国内图书馆界的领头羊，一向重视民国文献的保存保护。由于民国文献所用纸张极易酸化、老化，绝大多数已存在不同程度的损毁，难堪翻阅。为保存保护民国文献，不使我们传承出现文献上的断层，也为更多读者能够从不同角度阅读利用到民国文献，2011年，国家图书馆联合国内文献收藏单位，策划了“民国时期文献保护计划”项目。随着项目的展开，国家图书馆在文献普查、海外文献征集、整理出版等各方面工作逐步取得了重要成果。

典藏阅览部作为国家图书馆内肩负民国文献典藏管理职责的部门，近年来在多个层面加大了对于民国文献的保存保护力度，组建了专门的团队，对民国文献进行保护性的整理开发，先后出版了《民国时期连环图画总目》《国家图书馆藏民国时期毛边书举要》《民国时期著名图书馆馆刊荟萃》等。

然而，民国时期出版物种类繁多，内容丰富。就国家图书馆馆藏而言，从早期的中译本《共产党宣言》到我国的第一本毛边本《域外小说集》，从大批的政府公报到名家译作，涵盖之广，其所具备的艺术价值、史料价值，亦足令人惊叹。相较之下，我们的整理工作方才起步。为不使这些闪烁着大家智识之光的思想结晶空自蒙尘，为使更广大的读者能够从中汲取养料，我们会陆续择其精者，将其重新排印出版，希望读者能够喜欢。

国家图书馆

2014 年 9 月

目　录

鼻　子

一说起禅智内供的鼻子，池尾地方是没一个不知道的。长有五六寸，从上唇的上面直拖到下颏的下面去。形状是从顶到底，一样的粗细。简捷说，便是一条细长的香肠似的东西，在脸中央拖着罢了。

五十多岁的内供是从还做沙弥的往昔以来，一直到升了内道场供奉的现在为止，心底里始终苦着这鼻子。这也不单因为自己是应该一心渴仰着将来的净土的和尚，于鼻子的烦恼，不很相宜；其实倒在不愿意有人知道他介意于鼻子的事。内供在平时的谈话里，也最怕说出鼻子这一句话来。

内供之所以烦腻那鼻子的理由，大概有二，——其一，因为鼻子之长，在实际上很不便。第一是吃饭时候，独自不能吃。倘若独自吃时，鼻子便达到碗里的饭上面去了。于是内供叫一个弟子坐在正对面，当吃饭时，使他用一条广一寸长二尺的木板，掀起鼻子来。但是这样的吃饭法，在能掀的弟子和所掀的内供，都不是容易的事。有一回，替代这弟子中童子打了一个喷嚏，因而手一抖，那鼻子便落到粥里去了的故事，那时是连京都都传遍的。——然而这事，却还不是内供之所以以鼻子为苦的重大的理由，内供之所以为苦者，其实却在乎因这鼻子而伤了自尊心这一点。

池尾的百姓们，替有着这样鼻子的内供设想，说内供幸而是出家人；因为都以为这样的鼻子，是没有女人肯嫁的。其中甚而至于还有这样的批评，说是正因为这样鼻子，所以才来做和尚。然而内供自己，却并不觉得做了和尚，便减了几分鼻子的烦恼去。内供的自尊心，较之为娶妻这类结果的事实所左右的东西，微妙得多多了。因此内供在积极的和消极的两方面，要将这自尊心的毁损恢复过来。

第一，内供所苦心经营的，是想将这长鼻子使人看得比实际较短的方法。每当没有人的时候，对了镜，用各种的角度照着脸，热心地揣摩。不知怎么一来，觉得单变换了脸的位置，是没有把握的了，于是常常用手托了颊，或者用指押了颐，坚忍不拔地看镜。但看见鼻子较短到自己满意的程度的事，是从来没有的。内供际此，便将镜收在箱子里，叹一口气，勉勉强强的又向那先前的经几上唪《观世音经》去。

而且内供又始终留心着别人的鼻子。池尾的寺，本来是常有僧供和讲论的伽蓝。寺里面，僧坊建到没有空隙；浴室里是寺僧每日烧着水的。所以在此出入的僧俗之类也很多。内供便坚忍地物色着这类人们的脸。因为想发现一个和自己一样的鼻子，来安安自己的心。所以乌的绢衣，白的单衫，都不进内供的眼里去；而况橙黄的帽子，坏色的僧衣，更是生平见惯，虽有若无了。内供不看人，只看鼻子，——然而竹节鼻虽然还有，却寻不出内供一样的鼻子来。愈是寻不出，内供的心便渐渐地愈加不快了。内供和人说话时候，无意中扯起那拖下的鼻端来一看，立刻不称年纪的脸红起来，便正是为这不快所动的缘故。

到最后，内供竟想在内典外典里寻出一个和自己一样的鼻子的人物，来宽解几分自己的心。然而无论什么经典上，都不说目犍连和舍利弗的鼻子是长的。龙树和马鸣，自然也只是鼻子平常的菩萨。内供听人讲些震旦的事情，带出了蜀汉的刘玄德的长耳来，便想道，假使是鼻子，真不知使我多少胆壮哩。

内供一面既然消极地用了这样的苦心，别一面也积极地试用些缩短鼻子的方法，在这里是无须乎特地声明的了。内供在这一方面，几乎做尽了可能的事。也喝过老鸦脚爪煎出的汤；鼻子上也擦过老鼠的尿。然而无论怎么办，鼻子不依然五六寸长地拖在嘴上么?

但是有一年的秋天，内供的因事上京的弟子，从一个知己的医士那里，得了缩短那长鼻子的方法来了。这医士，是从震旦渡来的人，那时供养在长乐寺的。

内供仍然照例，装着对于鼻子毫不介意似的模样，偏不说便来试用这方法；一面却微微露出口风，说每吃一回饭，都要劳弟子费手，实在是于心不安的事。至于心里，自然是专等那弟子和尚来说服自己，使他试用这方法的。弟子和尚也未必不明白内供的这策略。但内供用这策略的苦衷，却似乎动了那弟子和尚的同情，驾反感而上之了。那弟子和尚果然适如所期，极口地来劝该用这方法；内供自己也适如所期，终于依了那弟子和尚的热心的劝告了。

所谓方法者，只是用热汤浸了鼻子，然后使人用脚来踏这鼻子，非常简单的。

汤是寺的浴室里每日都烧着。于是这弟子和尚立刻用一个提桶，从浴室里汲了连手指都伸不下去的热水来。但若直接地浸，蒸汽吹着脸，怕要烫坏的。于是又在一个板盘上开一个窟窿，当作桶盖，鼻子便从这窟窿中浸到水里去。单是鼻子浸着热汤，是不觉得烫的。过了片时，弟子和尚说：

"浸够了吧。……"

内供苦笑了。因为以为单听这话，是谁也想不到说着鼻子的。鼻子被汤蒸热了，蚤咬似的发痒。

内供一从板盘窟窿里抽出鼻子来，弟子和尚便将这热气蒸腾的鼻子，两脚用力地踏。内供躺着，鼻子伸在地板上，看那弟子和尚的两脚一上一下地动。弟子常常显出过意不去的脸相，俯视着内供的秃头，问道：

"痛罢？因为医士说要用力踏。……但是，痛罢？"

内供摇头，想表明不痛的意思。然而鼻子是被踏着的，又不能如意地摇。这时抬了眼，看着弟子脚上的皲裂，一面生气似的说：

“不痛。……”

其实是鼻子正痒，踏了不单不痛，反而舒服的。

踏了片时之后，鼻子上现出小米粒一般的东西来了。简括说，便是像一匹整烤的拔光了毛的小鸡。弟子和尚一瞥见，立时停了脚，自言自语似的说：

“说是用镊子拔了这个哩。”

内供不平似的鼓起了两颊，默默地任凭弟子和尚办。这自然并非不知道弟子和尚的好意；但虽然知道，因为将自己的鼻子当作一件货色似的办理，也免不得不高兴了。内供装了一副受着不相信的医生的手术时候的病人一般的脸，勉勉强强地看弟子和尚从鼻子的毛孔里，用镊子钳出脂肪来。那脂肪的形状像是鸟毛的根，拔去的有四分长短。

这一完，弟子和尚才吐一口气，说道：

“再浸一回，就好了。”

内供仍然皱着眉，装着不平似的脸，依了弟子的话。

待到取出第二回浸过的鼻子来看，诚然，不知什么时候已经缩短了。这已经和平常的竹节鼻相差不远了。内供摸着缩短的鼻子，对着弟子拿过来的镜子，羞涩地怯怯地望着看。

那鼻子——那一直拖到下面的鼻子，现在已经诳话似的萎缩了，只在上唇上面，没志气地保着一点泄喘。各处还有通红的地方，大约只是踏过的痕迹罢了。既这样，再没有人见笑，是一定的了。——镜中的内供的脸，看着镜外的内供的脸，满足然地眨几眨眼睛。

然而这一日，还有怕这鼻子仍要伸长起来的不安。内供无论哮经的时候，吃饭的时候，只要有闲空，便伸手轻轻地摸那鼻端去。鼻子是规规矩矩地存在上唇上边，并没有伸下来的气色。睡过一夜之后，第二日早晨一开眼，内供便首先去摸自己的鼻子，鼻子也依然是短的。内供于是乎也如从前的费了几多年，积起抄写《法华经》的功行来的时候一般，觉得神清气爽了。

但是过了三日，内供发现了意外的事实了。这就是，偶然因事来访池尾的寺的侍者，却显出比先前更加发笑的脸相，也不很说话，只是灼灼地看着内供的鼻子。而且不止此，先前将内供的鼻子落在粥里的中童子那些人，若在讲堂外遇见内供时，便向下忍着笑，但似乎终于熬不住了，又突然大笑起来。还有进来承教的下法师们，面对面时，虽然恭敬地听着，但内供一向后看，便屑屑地暗笑，也不止一两回了。

内供当初，下了一个解释，是以为只因自己脸改了样。但单是这解释，又似乎总不能十分的说明。——不消说，中童子和下法师的发笑的原因，大概总在此。然而和鼻子还长的往昔，那笑样总有些不同。倘说见惯的长鼻，倒不如不见惯的短鼻更可笑，这固然便是如此罢了。然而又似乎还有什么缘故。

“先前倒还没有这样的只是笑，……”

内供停了唪着的经文，侧着秃头，时常轻轻地这样说。可爱的内供当这时候，一定惘然地眺着挂在旁边的普贤像，记起鼻子还长的三五日以前的事来，“今如零落者，却忆荣华时”，便没精打采了。——对于这问题，给以解释之明，在内供可惜还没有。

——人类的心里有着互相矛盾的两样的感情。他人的不幸，自然是没有不表同情的。但一到那人设些什么法子脱了这不幸，于是这边便不知怎的觉得不满足起来。夸大一点说，便可以说是其甚者且有愿意再看见那人陷在同样的不幸中的意思。于是在不知不觉间，虽然是消极的，却对于那人抱了敌意了。——内供虽然不明白这理由，而总觉得有些不快者，便因为在池尾的僧俗的态度上，感到了这些旁观者的利己主义的缘故。

于是乎内供的脾气逐渐坏起来了。无论对什么人，第二句便是叱责。到后来，连医治鼻子的弟子和尚，也背地里说“内供是要受法悭贪之罪的”了。更使内供生气的，照例是那恶作剧的中童子。有一天，狗声沸泛地嗥，内供随便出去看，只见中童子挥着二尺来长的木板，追着一只长毛的瘦狗在那里跑。而且又并非单是追着跑，却一面嚷道“不给打鼻子，喂，不给打鼻子”而追着跑的。内供从中童子的手里抢过木板来，使劲地打他的脸。这木板是先前掀鼻子用的。

内供倒后悔弄短鼻子为多事了。

这是或一夜的事。太阳一落，大约是忽而起风了，塔上的风铎的声音，扰人地响。而且很冷了，在老年的内供，便是想睡，也只是睡不去。辗转地躺在床上时，突然觉得鼻子发痒了。用手去摸，仿佛有点肿，而且这地方，又仿佛发了热似的。

“硬将他缩短了的，也许出了毛病了。”

内供用了在佛前供养香花一般的恭敬的手势，按着鼻子，一面低低地这样说。

第二日的早晨，内供照例地绝早地睁开眼睛看，只见寺里的银杏和七叶树都在夜间落了叶，院子里是铺了黄金似的通明。大约塔顶上积了霜了，还在朝日的微光中，九轮已经眩眼地发亮。禅智内供站在开了护屏的檐廊下，深深地吸一口气。

几乎要忘却了的一种感觉，又回到内供这里，便在这时间。

内供慌忙伸手去按鼻子。触着手的，不是昨夜的短鼻子了；是从上唇的上面直拖到下唇的下面的，五六寸之谱的先前的长鼻子。内供知道这鼻子在一夜之间又复照旧地长起来了。而这时候，和鼻子缩短时候一样的神清气爽的心情，也觉得不知怎么地重复回来了。

“既这样，定再没有人笑了。”

使长鼻子荡在破晓的秋风中，内供自己的心里说。

（鲁迅　译）

罗生门

是一日的傍晚的事。有一个家将，在罗生门下待着雨住。

宽广的门底下，除了这男子以外，再没有别的谁。只在朱漆剥落的大的圆柱上，停着只蟋蟀。这罗生门，既然在朱雀大路上，则这男子之外，总还该有两三个避雨的市女笠和揉乌帽子[1]的。然而除了这男子，却再没有别的谁。

要说这缘故，就因为这二三年来，京都是接连地起了地动、旋风、大火、饥馑等等的灾变，所以都中便格外得荒凉了。据旧记说，还将佛象和佛具打碎了，那些带着丹漆，带着金银箔的木块，都堆在路旁当柴卖，都中既是这情形，修理罗生门之类的事，自然再没有人过问了。于是趁了这荒凉的好机会，狐狸来住，强盗来住；到后来，且至于生出将无主的死尸弃在这门上的习惯来。于是太阳一落，人们便都觉得阴气，谁

---

[1] 市女笠是市上的女人或商女所戴的笠子。乌帽子是男人的冠，若不用硬漆，质地较为柔软的，便称为揉乌帽子。——译者注

也不再在这门的左边走。

反而许多乌鸦，不知从哪里都聚向这地方。白昼一望，这鸦是不知多少只地转着圆圈，绕了最高的鸱吻，啼着飞舞。一到这门上的天空被夕照映得通红的时候，这便仿佛撒着胡麻似的，尤其看得分明，不消说，这些乌鸦是因为要啄食那门上的死人的肉而来的了。——但在今日，或者因为时刻太晚了罢，却一只也没有见。只见处处将要崩裂的，那裂缝中生出长的野草的石阶上面，老鸦粪粘得点点的发白。家将把那洗旧的红青袄子的臀部，坐在七级阶的最上级，恼着那右颊上发出来的一颗大的面疱，惘惘然地看着雨下。

著者在先已写道“家将待着雨住”了。然而这家将便在雨住之后，却也并没有怎么办的方法。若在平时，自然是回到主人的家里去。但从这主人，已经在四五日之前将他遣散了。上文也说过，那时的京都是非常之衰微了；现在这家将从那伺候多年的主人给他遣散，其实也只是这衰微的一个小小的余波。所以与其说“家将待着雨住”，还不如说“遇雨的家将，没有可去的地方，正在无法可想”倒是惬当的。况且今日的天色，很影响到这平安朝[1]家将的 Sentimentalisme 上去。从申末下开首的雨，到酉时还没有停止的模样。这时候，家将就首先想着那明天的活计怎么办——说起来，便是抱着对于没法办的

[1] 公元七九四年以后的四百年间。——译者注

事，要想怎么办的一种毫无把握的思想，一面又并不听而自听着那从先前便打着朱雀大路的雨声。

雨是围住了罗生门，从远处洒洒地打将过来。黄昏使天空低下了；仰面一望，门顶在斜出的飞甍上，支住了昏沉的云雾。

因为要将没法办的事来怎么办，便再没有工夫来拣手段了。一拣，便只是饿死在空地里或道旁；而且便只是搬到这门里来，弃掉了像一只狗。但不拣，——则家将的思想，在同一的路线上徘徊了许多回，才终于到了这处所。然而这一个“则”，虽然经过了许多时，结局总还是一个“则”。家将一面固然肯定了不拣手段这一节了，但对于因为要这“则”有着落，自然而然地接上来的“只能做强盗”这一节，却还没有足以积极的肯定的勇气。

家将打一个大喷嚏，于是懒懒地站了起来。晚凉的京都，已经是令人想要火炉一般寒冷。风和黄昏，毫无顾忌地吹进了门柱间。停在朱漆柱上的蟋蟀，早已跑到不知那里去了。

家将缩着颈子，高耸了衬着淡黄小衫的红青袄的肩头，向门的周围看。因为倘寻得一片地，可以没有风雨之患，没有露见之虑，能够安安稳稳地睡觉一夜的，便想在此度夜的了，这其间，幸而看见了一道通到门楼上的，宽阔的，也是朱漆的梯子。倘在这上面，即使有人，也不过全是死人罢了。家将便留[1]着横在腰间的素柄刀，免得他出了鞘，抬起登着草鞋的脚来，踏上这梯子的最下的第一级去。

于是是几分钟以后的事了。在通到罗生门的楼上的，宽阔的梯子的中段，一个男子，猫似的缩了身体，屏了息，窥探着楼上的情形。从楼上漏下来的火光，微微地照着这男人的右颊，就是那短须中间生了一颗红肿化脓的面疱的颊。家将当初想，在上面的只不过是死人；但走上二三级，却看见有谁明着火，而那火又是这边那边地动弹。这只要看那昏浊的黄色的光，映在角角落落都结满了蛛网的藻井上摇动，也就可以明白了。在这阴雨的夜间，在这罗生门的楼上，能明着火的，总不是一个寻常的人。

家将是蜥蜴似的忍了足音，爬一般地才到了这峻急的梯子的最上的第一级。竭力地贴伏了身子，竭力地伸长了颈子，望到楼里面去。

待看时，楼里面便正如所闻，胡乱地抛着几个死尸，但是火光所到的范围，却比预想的尤其狭，辨不出那些死尸的数目来。只在朦胧中，知道是有赤体的死尸和穿衣服的死尸；又自然是男的女的也都有。而且那些死尸，或者张着嘴或者伸着手，纵横在楼板上的情形，几乎令人要疑心到他也曾为人的事实。加之只是肩膀胸脯之类的高起的部分，受着淡淡的光，而低下的部分的影子却更加暗黑，哑似的永久地默着。

家将逢到这些死尸的腐烂的臭气，不由得掩了鼻子。然而那手，在其次的一刹那间，便忘却了掩住鼻子的事了。因为有一种强烈的感情，几乎全夺去了这人的嗅觉了。

那家将的眼睛，在这时候，才看见蹲在死尸中间的一个人。是穿一件桧皮色衣服的，又短又瘦的，白头发的，猴子似的老妪。这老妪，右手拿着点火的松明，注视着死尸之一的脸。从头发的长短看来，那死尸大概是女的。

家将被六分的恐怖和四分的好奇心所动了，几乎暂时忘却了呼吸。倘借了旧记的记者的话来说，便是觉得“毛戴”起来了。随后那老妪，将松明插在楼板的缝中，向先前看定的死尸伸下手去，正如母猴给猴儿捉虱一般，一根一根地便拔那长头发。头发也似乎随手地拔了下来。

那头发一根一根地拔了下来时，家将的心里，恐怖也一点一点地消去了。而且同时，对于这老媪的憎恶，也渐渐地发动了，——不，说是“对于这老妪”，或者有些语病；倒不如说，对于一切恶的反感，一点一点地强盛起来了。这时候，倘有人向了这家将，提出这人先前在门下面所想的“饿死呢还是做强盗呢”这一个问题来，大约这家将是，便毫无留恋，拣了饿死的了。这人的恶恶之心，宛如那老妪插在楼板缝中的松明一般，蓬蓬勃勃地燃烧上来，已经到如此。

那老妪为什么拔死人的头发，在家将自然是不知道的。所以照“合理的”说，是善是恶，也还没有知道应该属于那一面。但由家将看来，在这阴雨的夜间，在这罗生门的上面，拔取死人的头发，即此便已经是无可宽恕的恶。不消说，自己先前想做强盗的事，在家将自然也早已经忘却了。

于是乎家将两脚一蹬，突然从梯子直蹿上去；而且手按素柄刀，大踏步走到老妪的面前。老妪的吃惊，是无须说得的。

老妪一瞥见家将，简直像被弩机弹着似的，直跳起来。

“呔，哪里走！”

家将拦住了那老妪绊着死尸踉跄想走的逃路，这样骂。老妪冲开了家将，还想奔逃。家将却又不放伊走，重复推了回来了。暂时之间，默然地叉着。然而胜负之数，是早就知道了的。家将终于抓住了老妪的臂膊，硬将伊捻倒了。是只剩着皮骨，宛然鸡脚一般的臂膊。

“在做什么？说来！不说，便这样！”

家将放下老妪，忽然拔刀出了鞘，将雪白的钢色，塞在伊的眼前。但老妪不开口。两手发了抖，呼吸也艰难了，睁圆了两眼，眼珠几乎要飞出窠外来，哑似的执拗地不开口。一看这情状，家将才分明地意识到这老妪的生死，已经全属于自己的意志的支配。而且这意志，将先前那炽烈的憎恶之心，又早在什么时候冷却了。剩下来的，只是成就了一件事业时候的、安稳的得意和满足。于是家将俯视着老妪，略略放软了声音说：

“我并不是检非违使[1]的衙门里的公吏；只是刚才走过这门下面的一个旅人。所以并不要锁你去有什么事。只要在这时

[1] 古时的官，司追捕、纠弹、裁判、讼诉等事。——译者注

候，在这门上，做着什么的事，说给我就是。”

老妪更张大了圆睁的眼睛，看住了家将的脸；这看的是红眼眶，鸷鸟一般锐利的眼睛。于是那打皱的，几乎和鼻子连成一气的嘴唇，嚼着什么似的动起来了。颈子很细，能看见尖的喉节的动弹。这时从这喉咙里，发出鸦叫似的声音，喘吁吁的传到家将的耳朵里：

“拔了这头发呵，拔了这头发呵，去做假发的。”

家将一听得这老妪的答话是意外的平常，不觉失了望；而且一失望，那先前的憎恶和冷冷的侮蔑，便同时又进了心中了。他的气色，大约伊也悟得。老妪一手仍捏着从死尸拔下来的长头发，发出虾蟆叫一样声音，格格的，说了这些话：

“自然的，拔死人的头发，真不知道是怎样的恶事呵。只是，在这里的这些死人，都是，便给这么办，也是活该的人们。现在，我刚才，拔着那头发的女人，是将蛇切成四寸长，晒干了，说是干鱼，到带刀[1]的营里去出卖的。倘使没有遭瘟，现在怕还卖去罢，这人也是的，这女人去卖的干鱼，说是口味好，带刀们当作缺不得的菜料买。我呢，并不觉得这女人做的事是恶的。不做，便要饿死，没法子才做的罢。那就，我做的事，也不觉得是恶事。这也是，不做便要饿死，没法子才做的呵。很明白这没法子的事的这女人，料来也应该宽恕

[1] 古时春宫坊的侍卫之称。——译者注

我的。”

老妪大概说了些这样意思的事。

家将收刀进了鞘，左手按着刀柄，冷然地听着这些话；至于右手，自然是按着那通红的在颊上化了脓的大颗的面疱。然而正听着，家将的心里却生出一种勇气来了。这正是这人先前在门下面所缺的勇气。而且和先前跳到这门上，来捉老妪的勇气，又完全是向反对方面发动的勇气了。家将对于或饿死或做强盗的事，不但早无问题；从这时候的这人的心情说，所谓饿死之类的事，已经逐出在意识之外，几乎是不能想到的了。

“的确，这样么？”

老妪说完话，家将用了嘲弄似的声音，复核地说。于是前进一步，右手突然离开那面疱，捉住老妪的前胸，咬牙地说道：

“那么，我便是强剥，也未必怨恨罢。我也是不这么做，便要饿死的了。”

家将迅速地剥下这老妪的衣服来；而将挽住了他的脚的这老妪，猛烈地踢倒在死尸上。到楼梯口，不过是五步。家将挟着剥下来的桧皮色的衣服，一瞬间便下了峻急的梯子向昏夜里去了。

暂时气绝似的老妪，从死尸间挣起伊裸露的身子来，是相去不久的事。伊吐出唠叨似的呻吟似的声音，借了还在燃烧的火光，爬到楼梯口边去。而且从这里倒挂了短的白发窥向门下面。那外边，只有黑洞洞的昏夜。

家将的踪迹，并没有知道的人。

（鲁迅　译）

秋

一

信子从在女子大学时，就负才媛之名。差不多谁都认她早晚将成为作家，在文坛里出人头地。有的竟至于随处宣传说她在就学中已作成了三百多页长的自叙传体的小说。可是从学校毕业以后，在抱育了还未从女学校毕业的她妹照子和她，而支撑着门户的寡妇母亲面前，也有不能尽顾自己的地方。于是她在从事创作之前，不得不依了世上的习惯，先定婚姻的事。

她有一个名叫俊吉的表兄。他当时还进着大学文科，将来似也抱着投身文坛的志愿的。信子与这表兄一向就亲密来往着，自从谈到所谓文学的共同话题以后，愈增亲密。不过，他与信子不同，对于当世流行的托尔斯泰主义等，向不敬服，无论何时，总是吐嚼着法兰西式的嘲诮或警语。俊吉的这种冷笑的态度，有时很使万事诚实的信子愤怒难堪，可是她虽愤怒，而在俊吉的嘲诮或警语中，觉得也有不能轻蔑的某物在。

所以，她即在未毕业时，也常与他一同到展览会或是音乐会去，不消说，这种时候，大抵是她妹照子也同伴的。三人在去时和归时，很自由地一路谈笑，不过照子有时却被置在谈话的圈外。照子尽小孩似的张望着店窗里的洋伞或是绢披肩，自顾自走，对于自己被闲却的事，似乎也不感到什么不平。可是信子一觉到这，必立把话头转换，依旧和妹攀谈。说虽如此，而忘记照子的，常就是信子自己。俊吉似乎什么都不在意，总是吐放着伶俐的滑稽语，在熙熙攘攘的人群中，跨大了步慢慢地走。

信子与其表兄的交谊，无论在谁的眼里，都会预想到将来二人的结婚。同窗们对于她的未来，原是羡而且妒，而不认识俊吉的尤甚（这原不可谓不是滑稽）。信子在一方虽打消她们的推测，而在他方有时却故意装出真有其事的样子来。所以同窗们在未毕业时，早已把她和俊吉的样子，像新郎新妇的照相一样，各在脑子里合作一处明明白白地印着了。

不料，毕业以后，信子竟违反了她们的预期，突然和新近在大阪某商业会社服务的一个高商出身的青年结婚，并且结婚式后只二三日，就和新夫同到服务所在的大阪去了。据那时到中央车站送行的人说，信子仍和平常时候一样，现了愉快的微笑，把容易流泪的妹照子多方劝慰着哩。

同窗们都怪异了。这怪异的心里，却杂着高兴的感情，和与从前全然意味不同的妒意。有的信赖她，把一切归责于她母亲的意志。有的怀疑她，说她突变了心。可是，她们自己也知道，这种解释到底不过是想象罢了。她为什么不和俊吉结婚？在这以后的若干期间，她们一有机会，必把这疑问当作大问题来谈论。过了两个月光景，——她们全然把信子忘了，不消说，连她所要作的长篇小说的话头也忘了。

信子在这当儿，已在大阪郊外作了幸福的新家庭。她们住的地方，即在附近一带，也算是最闲静的松林里。松脂的香与日光——这两种东西常于丈夫不在时，在新租的楼屋中，管领着泼辣的沉默。信子在这样的午后，每当无端地感到气郁时，必开了藏缝纫器具的小箓抽屉，从底里翻出那叠着的桃色纸的信笺来看。信笺上用钢笔细细地写着这样的话：

——一想到可与姊姊同在一处者只是今日，即在写这信时，眼泪也不绝地迸出。姊姊，请宽恕我！照子在姊姊的可怜的牺牲之前，不知要怎样说才好！

姊姊为了我的缘故，就把这次的婚事决定了。姊姊虽说不是如此，但我是明明知道的。那次，一同到帝国剧场去的晚上，姊姊问我爱俊哥吗？又说如果是爱的，那么姊姊必替你尽力，你可到俊哥那里去。大概，那时姊姊已看到了我想寄给俊哥的信了罢。在那封信失去的时候，我真恨过姊姊，（请原恕，只这一事，我也不知怎样地对不起你。）所以那晚姊姊的亲切的言语，在我反以为是讥诮，我的动了气不曾作像答复的答复，这情形不消说你也不至于忘记的。过了二三日，姊姊的婚事突然决定了，我那时甚至于想死了来向姊姊谢罪哩。姊姊原也是爱俊哥的，（请勿隐瞒，我是很知道的啊。）如果没有顾算到我，自己必已嫁了俊哥了。可是，姊姊却屡次反复地向我说不曾想着俊哥，后来终于和向不相识的人草草地结婚了。我的好姊姊！我今日抱了鸡来，说“向要到大阪去的姊姊行礼”，你记得吗？我是，想叫了所养的鸡，也同来向姊姊谢罪的。那么一来，弄得什么都不曾知道的母亲也哭了哩。

姊姊！明日你已要到大阪去了，但无论何时，总请勿弃姊姊的照子，照子每日朝晨一边饲着鸡，一边记起了姊姊的事，在背了人暗哭着呢……

信子每读这小孩口气的信，必要落泪。一忆起从中央车站将上火车时，照子悄悄地把这信递给她的神情，尤觉得说不出的可怜。可是，她的结婚，果如妹子所想象，是全然牺牲性的吗？这样的疑念，在落泪后的她的心里，常扩大为苦闷的心情。信子为欲避这苦闷，大抵一味把自己浸入在快悦的伤感里。一边凝视这时映在外面松林间的日光，看他渐渐地转成黄的暮色。

二

结婚后不觉已三个月光景，在这里面，她们也如一般的新婚夫妇一样，过着幸福的日子。

丈夫是个带有女性的寡言的人物，每日从会社回来，晚饭后的几小时，总是和信子一块儿过的。信子动着编物的针子，有时也谈近来世间所喧传的小说或戏曲的话，在这谈话中，偶然也有把基督教气的女子大学趣味的人生观羼入的事。丈夫酡着晚酌后的脸，把晚报放在膝间，有趣味地听她，却是可以称作他自己意见的话，一句也不曾有参加过。

他们差不多每逢星期，就到大阪或其附近的游览地去过闲散的一日。信子每于乘火车或电车的时候，对于那随处饮食不以为意的关西人，很是鄙薄，觉得柔和的丈夫的态度，在这点上也已上品可爱。丈夫漂亮的状貌，一杂在那些人们中，真觉得自帽子，上衣，以及赤色的靴子，都会放出一种化妆肥皂似的清新的空气来。至于夏季休假中去看舞妓的时候，和在同一场内的丈夫的同事们比较了看，尤不觉要起矜夸的心情。可是，丈夫对于这些卑俗的同事们，却似乎意外地很亲密着。

在这期间，信子记起久已高搁了的创作来，于是拣丈夫不在家时，每日伏案一二小时。丈夫闻知这事，说“真个要成女流作家哩！”在柔和的唇间露出微笑给她看。可是，虽伏着案，笔却意外地不进，她常茫然地手托了头，倾听那炎天松林间的蝉声。

残暑快将转为初秋的时候，有一日，丈夫正预备到会社里去，要想把汗污的领头更换，可是，不凑巧，所有的领头如数在洗衣作坊里，家里一条也没有存着。丈夫近来正喜修饰，分外不快似的沉下脸来。一边吊着背带，一边不觉说出“只做小说是不行的”的厌语。信子只是默然地俯了眼，把上衣的尘埃拂着。

过了二三日，有一晚，丈夫从晚报上所登着的食粮问题，说到每月的费用不能再减省些吗，“你也不是永久做女学生的”——这样的话也出之于口了。信子一边不得要领地回答，一边正在纱上替丈夫绣着领带。丈夫却意外地执着追究，“就说这领带罢，不还是买现成的便宜吗?”仍是执拗了说。她更不会开口了。丈夫于是苍白了脸，没趣似的只管读商业上的杂志等类。等到寝室的电灯熄了以后，信子把背向丈夫时，用了轻微的声音说“以后永不再做小说了”。可是丈夫仍默着。过了一会，她用了比前还低的声音反复再说同样的话，随后即露出泣声。丈夫叱了她几句，她的啜泣声，在好久以后，还断续不已。可是，不知在什么时候，信子又全然縋着丈夫了。

第二日，他们依旧变作了要好的夫妻。

却是在这以后，过了十二时丈夫还未从会社回来的晚上也有，而且，等到回来的时候，酒臭扑鼻，至于连雨衣都不能自己脱除。信子皱着眉头，殷勤地替丈夫更换衣服，丈夫却毫不为意，硬了舌头说讥诮话。“今夜我不回来，小说想做了不少了罢。”——这样的话，屡次从他女人样的唇间流出。这晚她上了床，不觉落泪。如果照子见了这光景，不知要怎样地给我一同哭啊！照子，照子，我所心赖的，就只你一人啊！——信子时时在心里呼着妹子，一边为丈夫的酒臭的睡息所苦，差不多全夜没有合眼，只是辗转反复。

可是，一到了第二日，彼此又自然地和好了。

这类事情反复了好几次，秋渐渐地深了。信子伏案执笔的时候不觉也少起来。丈夫在这时，对于她的文学谈，也不像以前地有兴味。她们每晚在长火钵旁对坐了，只是把时间消磨在琐屑的家庭经济谈里。并且，在晚酌后的丈夫，也似以这种话题为最有兴味。信子有时鄙夷似的偷看丈夫的颜色，可是他却毫不关心，啮咀着新留的髭须，用了平常所没有的快活的态度，把什么“照这样子，如果有了小孩……”等类的话，来周遍地想了说。

这里面，每月的杂志上，渐渐有表兄的名氏了。信子自结婚后就像忘了似的和俊吉未曾通过信。他的动静——像什么已由大学文科毕业，新近在组织同人杂志之类，都只是由照子的信里知道的。并且，在这以外，也不想知道关于他的事。可是，一见杂志上载有他的小说，依旧觉得难忘，她翻着纸页，好几次地独自微笑。俊吉在小说里，也仍把冷笑与谐谑两种武器，像宫本武藏[1]的用着。也许是心理作用罢，在她，觉得

[1] 宽永年间有名的二刀流的剑客。——译者注

这轻快的讽刺的背后，潜藏着表兄从前所没有的寂寞的自弃调子。同时又觉得自己这样想，是在替他瞎操心。

信子从这以后，对于丈夫更加温柔。丈夫在夜寒中隔了长火钵，常可见到她的快活微笑的面庞。脸上也比以前化妆得后生。她一边做着针线，一边谈到她们在东京结婚当时的记忆。丈夫对于她记忆的细密，既觉得意外，又觉得欢喜。“你竟连这种事都还记得。”丈夫这样嘲戏她时，她只默然地用眼送过带媚的回答去。至于为什么如此不忘，她自己内心也常觉得奇怪。

不久，母亲信来，报告信子她妹子已订婚的事。信中并附说，俊吉为娶照子，已在山手的某郊外设备新屋了。她即对母亲和妹子写长长的贺信。“此间无人照料，吉期恨不能亲到……”——在写这种文句时，她自己也不知是何缘故，屡次笔滞写不下去。在那时候，她必举眼去凝望屋外的松林，松在初冬的天空下，簇簇地作了苍黑色繁茂着。

当夜，信子夫妇就以照子的结婚作了话题。丈夫露了照例的微笑，把她所学的妹子的口调，有趣地听着。可是在她，觉得竟像自己在和自己说着关于照子的事。“哦，睡罢。”二三小时以后，丈夫擦着柔弱的胡须，倦怠似的从长火钵前离开了。信子还未曾把送妹子的礼物决定，用了火箸只管在炉灰上划着文字。这时，急抬起头来，说“但是，奇怪呢，一想到我也竟会有一个弟弟——”“这不是当然的吗？因为你有妹子。”她被丈夫这样说了，仍作着沉思的眼光，一语也不回答。

照子与俊吉，在十二月中旬行结婚式。那日将要到中午，纷纷地下起雪来。信子独自吃了午餐以后，食时的鱼腥粘在口里只管不去。“东京不知也下雪不下?”——信子一边这样想，紧紧地靠下那薄暗的吃饭间里的长火钵边去。雪愈下得厉害了，可是，口中的鱼腥，还是执拗地不消退。

三

信子于第二年的秋里，和带了社务的丈夫，同到了久别的东京。丈夫是要于短日期内干好许多事的，除了才到时和她同往她母亲那里作过一次形式的探望以外，差不多一日都没有领了她同伴外出的机会。所以她于访她妹子夫妇郊外的新居时，也只好重新辟地冷落的电车终站，独自在人力车上颠摇着去。

他们的家，在街屋尽头快要到葱田的地方。邻近都是放租的新造房子。窄狭地并了建着。有叩环的门，樫树的篱笆，以及晒衣竿上的洗濯物——无论什么，家家都是划板一样。这平凡的住屋，颇使信子失望。

她打招呼时，应声出迎的，意外是她的表兄。俊吉仍和从前一样，一见了这珍客的面，就“呀”地扬出快活的声来。她见他已不是从前的短发头了。“久违了，请上来，不凑巧，只我一人在此呢。”“照子呢？不在家?”“买物去了，连女佣人也不在。”信子无端地觉到难为情起来，随把那上着华丽里子的外套在门口脱去。

俊吉导她坐在书斋兼客堂的八铺席室里，室中但见到处乱杂地叠着书，那当着午后阳光的窗边小紫檀桌周围，尤其满散着杂志新闻和原稿用纸，几乎手都放不下。其中可以说明新妻的存在者，只有在挂画的壁旁立放着的一张新的琴而已。信子对于这四周的光景，新奇似的看了好一会。

“要来呢，是从信上早知道了的，今日来却不知道。”俊吉燃着了纸烟，用了一向的亲爱的眼色。“怎么样？大阪的生活?”“倒要问俊哥怎样？幸福?”信子在那三言两语的当儿，觉得从前的亲昵，仍苏醒了过来了。信都不大来往地忽忽二年来的不快的记忆，却意外地不使她难过。

他们在同一火钵上烤着手，谈起种种的事来。俊吉的小说呀，共同友人的消息呀，东京与大阪的比较呀，话题的多，至于说也说不尽。可是，两人好像曾经约过的样子，全然不触到生活方面的问题。这使信子更加觉得像个在和表兄谈话。

可是，沉默也时时到二人间来。在那时候，她总是微笑着，把眼光落在火钵的灰上。这其中，有不能说是期待而却隐微地期待着什么的心情。不知是故意或是偶然，俊吉总常立刻别觅了话题，来把这心情打破。她去偷看表兄的面孔时，见他仍泰然地吸着纸烟，也并看不出有什么不自然的表情来。

不久，照子回来了，她一见了姊的面，几乎喜得连握手都不能。信子也从唇间现出微笑，而眼里不觉已湿了泪。两人暂时把俊吉丢在一边，相互道问着去年以来的生活。特别的是照子，她红润着两颊，连关于所养的鸡的事，也不忘对姊姊说。俊吉衔着纸烟，快意似的看了她们两个，仍是嘻嘻笑着。

这当儿，女仆也回来了。俊吉从女仆手里接得几枚邮片，就立刻在旁边桌上伏了飒飒地走着钢笔。照子知女仆也不在，露出惊异的神色："那么，姊姊来的时候，谁都不在吗?""呃，就只俊哥。"信子回答时，自己也觉得在装作坦然。同时，俊吉背向着那方也说："要谢谢丈夫啊，这茶也是我冲的哩。"照子和姊面面相觑了狡猾地"嘻"地一笑，而对于丈夫却故意一语都不回答。

过了一会，信子和妹子夫妻共围晚餐的食桌了。据照子的说明，菜里所用的鸡蛋，都是家里的鸡生的。俊吉一边给信子斟葡萄酒，一边嚼说"人间的生活，都是由掠夺成立的啰，小之从这蛋起——"等社会主义样的理论。其实，在这三人中，最喜吃蛋的，不消说就是俊吉自己。照子说这是可笑，发出了小孩似的笑声。信子在这食桌的空气中，禁不住记起那在远方松林中寂寞的吃饭间的黄昏来了。

谈话在饭后的果物吃完以后，还未完结。带着微醺的俊吉，胡坐在秋夜的悠闲电灯下，大弄其他一流的诡辩。那议论风生的光景，使信子重恢复了一回当年的心情。她放了热烈的眼光说"我也来做做小说看"。表兄即借了古尔蒙（Gourmont）的警语来作回答，就是那“因为缪斯（Muses）们是女子，能把她们自由捕虏的只有男子”的话。信子和照子同盟着不认古尔蒙的权威，“那么，不是女子，就不成音乐家？阿朴洛（Apollo）不是男子吗?”照子至于认真地说这样的话。

不觉夜深了，信子终于留宿在那里。

在睡以前，俊吉开了廊下的板门，只穿了寝衣，走下狭小的庭间去。既而也不知在呼谁，高声地喊“来看哪，好月亮呢”。信子独自跟在他后面，把足伸到阶石上的下驮去。在已去了袜的她的足上，感到露水的寒冷。

月亮正在庭隅瘦弱的桧树梢间，表兄立在这桧下眺望着薄明的夜空。“长得很多的草呢。”——信子从荒芜的地上怯怯地踏近他那里去。他仍望着天空，只唧咕了说“十三夜哪”。

沉默了好一会以后，俊吉静静地回过眼来，说“去看看鸡舍吗?”信子默然点头。鸡舍恰在和桧树正反对的那隅，二人并了肩缓步到了那里。芦席阑以外，只有带鸡气息的朦胧的光与影而已。俊吉张望着那小舍，差不多好像在独自说的样子，轻轻向她道：“正睡着。”“被人取去了蛋的鸡。”——信子立在草中，不禁这样想。

二人从庭间回到屋内时，见照子正独坐在丈夫书案前茫然地凝视着电灯，——那倾斜了装置着的嵌在绿色罩里的电灯。

四

翌晨，俊吉着了那在他算是最考究的洋服，食毕匆匆地出门，说是为亡友一周忌日参墓去的。“好吗，等我的哩，到午必定回来。”——他一边着外套，一边嘱咐信子。她只在纤细的手上替他携着呢帽子，默然地微笑。

照子送了丈夫出门以后，请姊对坐在长火钵的那方，殷勤地荐茶。杂谈关于邻家主妇的话，访问记者的话，以及和俊吉同去往观过的某外国的歌剧团的话，此外似乎还有许多愉快的话题。可是信子却无兴致，她虽在勉强敷衍作答，自觉已是心不在焉，这态度后来似乎连照子都觉到了。“为什么?”妹子凝视了她不放心地探问，可是信子自己也不明白是为了什么。

挂壁钟打过十时，信子举起倦怠的眼来，说，“俊哥还似乎不会就回来呢。”照子被姊引动了，也把钟望了一眼，却意外冷淡，只答说一声“还——”信子在这言语里，觉到那厌饱了丈夫的爱的新妻的心情。她一想到这，不禁愈加倾于忧郁起来。

“照姑儿幸福啊!”——信子把头埋入领内去，一边取笑似的这样说。那所潜存着的真正的羡望的神情，总不能流露出来。照子却天真烂缦，仍快活微笑了故意眼睛一白，说“记着”，接着又讨好似的加说“就是姊姊自己也幸福”，这话却把信子打动了。

她微举了眼眶，回问“你忖是这样?”问了即自后悔。照子一时也露出怪异的神情，和姊面面相觑着，那脸上现出后悔之色。信子勉作了微笑说，“至少能被人这样忖，也是幸福啊。”

沉默来到二人之间了。她们不觉倾耳于在滴达的时钟之下的长火钵中开水壶的沸声。

“但是，哥哥难道不温和?”——过了一会，照子低声恐惧似的问。那声音里，显含着怜悯的调子。信子对于这怜悯的态度，很是不快。她只把报纸展在膝上，俯伏了眼，故意默然不答。报纸上也和大阪一样地载着米价问题。

不久，静静的吃饭间中，微微地闻到有泣声，信子把眼离开报纸，见妹正在长火钵的那面用袖掩着脸孔。“何必哭呢。”——照子虽经姊这样劝慰，仍是哭泣不已。信子一边感着残酷的喜悦，一边把无言的视线，注在妹子的震动着的肩部。过了一会，似乎怕女仆听见，将脸凑近了照子低声地说，“如果我有对你不起的地方，就向你赔罪。只要照姑儿幸福，就比什么都欢喜。真的啰，如果俊哥替我爱着照姑儿——”说时，她的声音为自己的言语所感动，渐渐地带感伤起来了。这样一来，照子突然放下了袖子，把泪湿的脸抬起。在信子的眼中，竟看不出她有悲哀与愤怒的样子，只觉有勃不可遏的嫉妒之情，燃烧似的在瞳中放射着。“那么，姊姊——姊姊为什么昨夜又——”照子没有说完，又把袖掩了脸发作地大哭起来了。

二三小时以后，信子在有帷的人力车上摇着到电车的终站去。她眼所见到的世界，只是前面车帷上的一个小明角窗。市外式的家屋，以及变了色的树梢，都不绝地徐徐向后流去，如果要在这里面寻一个不动的东西，那么只有那浮着白云的寒冷的秋空了。

她的心是沉静的。可是支配着这沉静的东西，无非就是寂寞的觉悟。照子发作完了以后，和解与新的眼泪，很容易地使二人依旧做要好的姊妹。可是事实却仍作了事实，留在信子的心内，到现在也不消去。她不待表兄回来，将身坐到车上去的时候，心中早如压了一块冰，觉得和妹子已是路人了。

信子忽然一举目，从车帷明角窗中，见表兄正携了行杖从尘杂的街路上来。她心动了，停车呢，还是让他逗出呢？她努力把悸动抑住，在车上踌躇到没办法。俊吉和她的距离，渐渐近来了。他正浴着淡薄的日光，在水洼潭很多的路上慢慢地动着靴子。

“俊哥”——这声音在一瞬间几欲从信子的唇间流出，实际，俊吉这时已就在她的车旁了。可是，她仍是踌躇。这当儿，什么都不知道的他，终于逗出到车后去了。阴沉的天空，稀疏的街屋，黄褐色的高高的树梢，——接着依然只有行人稀少的郊外的街道。

"秋——"

信子在微寒的车帷中，全身感到了寂寞，不禁只管这样想。

（夏丏尊 译）

袈裟与盛远

上

夜里，盛远在短垣的外边，一面眺望着月色，一面踏着落叶，沉浸在深思里。

他的独白

月亮已经出来了！平时望月色望到心焦的我，只有今日，一到月明，却忽然害怕起来！有生以来直到今日的我，便要在这一夜里失去；自明日起，已成为一杀人犯了！这样一想，不由得身体震颤起来。试去想象想象看这两只手用血染成赤色的时分罢！那时的我，即在我自身看来，怕也成为一怎样可咀咒的东西了！假如我所杀的，是我所憎恶的对手，那么，我正用不着这样烦忧地去思虑；但是今夜我却不能不去杀一个我所不憎恶的男人。

那男人，我从前就认识的。渡左卫门的名姓，却因了这次的事才知道。但认识了他那虽是男性却过于柔和的白色脸孔，究竟在何时，可记不清了。当我知道他是袈裟的丈夫的时候，一时里也起了嫉妒之感，原是事实。但到了此刻，那嫉妒早已在我心上不留一点痕迹，干净地消失去了。因此渡对我，虽说是恋爱的仇敌，却也没有什么可憎，更没有什么可恨。否，否，便说我是同情于那男人的，怕也无不可罢。当我从衣川口里，听到渡为要得袈裟的缘故，真不知费了多少心机的时候，甚至觉得那男人可爱的事，也曾有过。渡一心要想袈裟为妻，不是特地连学习歌曲的事都去做过的么？若一想象那真挚的武士的恋歌，我便不知不觉地微笑浮起于唇边。但是那决不是嘲弄的微笑，实在是想着这样地献媚女人的那个男子的可怜！或者也许是为了他向着我爱的女人，就那样献媚的热情，给了做她爱人的我一种满足罢。

但是这样说来，我怕还爱着袈裟的么？实在我和袈裟的爱，可分作今昔两个时期。我在袈裟和渡还没有订婚之前，我已经爱着袈裟了。或者说，自己想是爱着她了。但到现在，记起来，那时我的心，真含着许多不纯的东西。我在袈裟身上追求的，究竟是什么？在童贞时代的我，明明白白是要求着袈裟的肉体罢了。假如容许一点夸张，我对于袈裟的爱那个东西，实在也不过是把这欲望美化了的一种感伤的心情罢了。和袈裟断绝了交涉后的三年间，不错，我真的不能忘记那女人的事；但是假如三年前我已知悉了她的肉体，我还能依然照样地不忘记她，继续想念着她么？真难为情！我却没有回答一个“是”字的勇气。这便是明确的证据。我对于袈裟以后的爱着，却有未知悉那女子肉体的留恋，混杂其间，因此抱着闷闷之情，毕竟陷入我所恐惧、所期待的现在的关系里面了，但是现在呢？让我问一问自己罢，“我怕还爱着袈裟的么？”

然而在回答这问题之前，无论愿意与否，我却不能不把纠纷的事件追忆起来。——渡边桥落成祭的时候。相别三年偶然和袈裟重逢的我，在此后半年中，为要造成幽会的机缘，真试尽了万般的手段，且也居然成功了。否，否，不但造成了幽会，那时就连袈裟的肉体，也和梦想着一样，得以知悉了。然而支配着“当时的我”的东西，应未必便如前所说仅仅是对于不知那女子的肉体的留恋。我在衣川家里，和袈裟同坐在一间房子的席上，已经感得这留恋不知在何时早就变成稀薄了，那也是为了我已非童贞，在这样场所里，很足以使我的欲望缓和罢。而且除此外还有一个主要原因，便是那女子的容颜已是逐渐衰褪了。实在现在的袈裟，已不是三年前的袈裟！皮肤早已失了光泽；两眼的周围，却各圈了一重薄黑的晕。颊前腮下的那以前的丰盈的肉，早已归诸子虚乌有了！若说到依然没有变改的东西，怕仅仅是那双脸皮的有黑而大的瞳子的一双水汪汪的眼睛罢！这变化对于我的欲望确是个可怕的打击。我在睽隔三年之后的第一次和她对坐时节，我还明确地记得那时真感到那样强烈的冲动，不知不觉便把视线移开了的。

然而比较的不曾感着如前所说那样的留恋的我，为什么却和她生了关系呢？我第一就为奇妙的征服心所动了，袈裟每和我相会晤，总把她对于丈夫渡所有的爱情，故意地夸张地说给我听。然而在我呢，那样的话，始终不过使我仅仅起了一种空虚之感！“这女人对自己的丈夫，怀有虚荣心。”我这样地想；“或者这怕是不愿求我怜悯的反抗心的表现，也未可知。”我又这样地想过。而且同时要想使这诳言暴露的心情，时时刻刻很强烈地向着我活动。若问“为什么要把那话认作诳言”，若说“所以要认作诳言，无非自己有了自负罢”，那么，在我原也没有抗辩的理由。但是我依然相信那是诳言，而且现在也还是相信着。

但是那征服心也并不是支配“当时之我”的一切。此外——就是仅仅这样地说一说，我觉得我的脸已红了，我此外还被纯粹的情欲支配着呢！那也不是没有知悉了那女子的肉体的留恋。实在是更下等的，对手不必定要那女子的，一种为欲望的欲望罢。恐怕连那寻欢买笑将女人作傀儡看的男子也不像那时的我那么样的卑劣的罢！

总之，我因了这种种动机，终于和袈裟生了关系；与其那样说还不如说真个侮辱了袈裟。现在回到我最初所发的疑问，——否，我究竟爱不爱袈裟，就算对着我自身，现在更没有再问的必要。毋宁说，我有时对于她，真感到憎恶。尤其是在事情完结以后，粗鲁地抱起了泣而伏着的她的时候。袈裟似乎是一个较这没廉耻的我更其没廉耻的女人。蓬松的乱发！那汗污了的脸上的脂粉！没有一件不显示出那女子身和心的丑。若是那刻的我说是曾经爱过她的；那么那爱便以那日作为最后，永久地消失去了。或是说直到那刻的我，从未曾爱过她的，那么说就那日起，在我心中，已生了新的憎恶，也无妨的。但是，呀！呀！今夜岂不是我却为了我不爱的女人，要去杀那我不憎恶的男人了么。

那也全不是别人的罪。我用着我自己的口，公然地说出了的。“把渡杀却了吧”——我一想把口贴近她的耳这样地嗫嚅时的事，连我自己也疑心是已发了疯么，然而我却这样地嗫嚅了。一面想总不至说出的，但却也竟咬紧牙齿，嗫嚅了地说了。我究竟为什么愿意说出了的，即到现在追想追想看，却无论怎样总也不能明白。然而若要牵强地想起来，想是为着愈轻蔑这女人，为着愈觉得这女人可憎，我便不禁愈想要加以凌辱了。若要达到这凌辱的目的，实在怕没有比杀却了袈裟卖弄自己恩爱的丈夫渡左卫门，且使她不论愿否，承诺了这个阴谋，更适合的事；所以我完全和一个被恶梦所袭击的人一样，竟无理地，把这自己不愿做的杀人的事居然向这女人劝说了的罢。倘以为我说出杀渡一事的动机，单单靠着上述的这些是不充分的，那么后来怕有一种凡人所不知的力，诱引了我的意志，而陷入到邪道的罢。除此而外，实在也不能有别的解释。总之我却执着很深地三番四复把同样的事，在袈裟耳畔嗫嚅着说了。

这么一说，袈裟迟延了片刻，突然地正想要抬起头来的当儿，却很率直地说了承认我这谋计的答复。然而我对于这答复的轻易真感到意外万分了。看一看袈裟的脸庞，竟有了一种从前未曾见过的不可思议的光耀存蓄在她的眼里。奸妇！我立刻感到了这二字。同时更有一种近乎失望的心情，突然间把这阴谋的恐怖，在我眼前展开了。其间那女人淫乱的、凋残的容色的可厌，更始终凌辱着我。这原也用不着特别细说的。真的，假如做得到的话，我极愿在那时，当场便破了这一个密约。而且也极愿大大地羞辱这不贞的女人一番呢！这样一来纵使我戏弄了这女人，然而在义愤之后，我的良心也许能找到一个避难所罢。但为什么我终于没有那样的余裕呢？完全看透我的心情似的，急遽间变了表情的——她，疑视着我的眼儿的时分——我正直地自白，我之所以陷入到去结那限定日期时刻谋杀渡的约的难境，实在是因了恐怖着万一我不做这事，袈裟定要对我复仇的缘故罢。非特如此，这恐怖现在还依然深深地捕捉着我的心呢！若有笑我胆怯的，也只得由他去笑。那实在也只是不晓得那时的的袈裟的人，才会这样说罢。“假如我不杀渡，即使袈裟不去自己下手，怕我自己必为袈裟所杀的。与其那样，我还不如去杀却了渡罢。”当我看着那女人号泣着而没有眼泪的眼儿的时候，我绝望似的这样地想。

当我发了誓言之后，我看到袈裟在那苍白的颜面上皱着片靥，依然笑着的样子，我的恐怖岂不是暗暗地已经证实了么？

呀！呀！我为着这可诅咒的密约，在污损的上面，在污损的心的上面，现在又要加上一重杀人罪了。假如逼迫到了今夜，破了这约——这也是我所不能堪的。一则为了誓言在先，还有一个可说是我怕着复仇。然而这也并不是虚言，但此外更有什么？究竟是什么呢？逼迫着我，这胆怯的我去杀无罪的人的那一种伟大的力，究竟是什么呢！我实在不明白。但是虽然——不明白，也许——否，决没有那样的事。我轻蔑着那女人，恐怖那女人，憎恶那女人，然而此外，怕就是为着我依然，依然还爱着那女人的缘故罢。

盛远继续徘徊着再也不开言了。月明。何处歌唱着“今样”的谣曲？

真的，人的心呀！与无明的暗黑无异！

只有烦恼的火燃烧着，消失去的便是那条生命！

下

夜分，袈裟在帐子的外面，背着灯光，啮着衣袖地，沉思着。

她的独白

他不晓得来也不来，想必总不至于不来罢。但看着月儿已倾斜了，还没有一点响动，难道他变了计了么？假如万一不来的话，——呀！呀！我真完全和傀儡一样恨不能不露着这可羞的颜面，对着太阳光罢。那么样不要脸的邪道的事，我怎样能够做呢！那时的我，真和弃在道旁的尸骸，没有什么两样。被羞辱了，被践踏了之后，结局还不能不厚着脸皮，把一身的耻辱，暴露了出来，而且更不能不和哑子一样，缄默着呵。真的，我万一成了那样，怕就要死也死不成吧！不，不，他必定来的。因为在我和他分别的当儿，我凝着他的眼睛的时候，我实在不能不那么想的了。他怕着我。他憎恶我轻蔑我，然而却也怕着我。我假如真去一味依靠着自己，怕就不能断定他必来罢。但是我却依靠着他，依靠着他的利己心，不，实在是信赖着那从利己心惹起的卑鄙的恐怖。所以我这样地说他是一定来的。他必定偷偷地来的罢。

然而这成为不能依靠自己的我，真是何等凄惨的人呀！三年前的我，还能依靠着我自己，依靠我那自己的美呢！呀！与其说三年前，倒不如说，直到那日为止的，更近真实罢。那日在伯母家中和他相会的时候，我一眼看着，便明白了映在他心头的我的丑相。他做出行若无事的脸孔，说了许多引诱我似的的温柔话。然而一旦晓得自己丑陋的女人的心，怎么能够因了那些话而得安慰呢！我只有悔恨，恐怕，悲哀而已。若把那时的心情，和幼时抱在乳母怀里看月蚀的难过相比较，真不晓得更要难堪多少。我有着种种的梦想，早已不知消失到何处去了。雨后似的寂寞，顿就包围着我的周围——我被这寂寞所震惊，终于把这和死尸同样的身躯，一任那男人作践了。竟任那不爱我的人，憎恶我的，轻蔑我的，那一个好色的人蹂躏了。我发觉了我自己的丑陋，我怎能堪耐那寂寞呵！而且当我把颜面，贴到他的胸际，发热似的一瞬间里，真可欺骗了一切了么？若不是那样，我难道竟和那人一样只不过为那污秽的心情所动么？单单这么地想一想，我真觉得可耻，可耻，可耻呵！当我离开他的手腕复我自由之躯的时候，我自己想想，我真是怎样地浅薄呵！

我因了愤恨和寂寞，无论怎样地想不要哭泣，但不期然的眼泪才会流了出来的。然而那也并不是为着什么失了节操而悲伤的。失了节，更被人侮辱的呢，正和患着痫病的狗一样，一面受人憎恶，一面却又遭人的虐待。这对于我，实在是最可悲的了。而且我究竟做过了怎样的事呢？到现在想起来真有些像留在记忆中的旧事一样，除了朦胧地记得一点，什么也不清楚了。不过我还记得在我唏嘘饮泣的时分，一觉得他的口髭触着了我的耳，他那低声的“杀却了渡罢”的话，便和热的气息一齐来了。我听到了那话的时候，便成了一种自己也不明白的不可思议的，充满生气的心情了。“充满生气？”假如说是有些和月光的明亮相似，那么那怕也是一种充满生气的心情罢。但那也决不是和日光明亮般的充满生气的心情呵！然而我难道不是仍旧因了这可怕的言语，而得安慰的么？呀！呀！我这女人，怕难道竟连杀却自己丈夫，还能感到受人爱恋的愉悦的么?

我成了和月夜的光明相似的一种寂寥而充满生气的心，复又继续哭泣着了。而且?而且?我怕也不知何时竟和他结了甘为杀却丈夫的引导的约了罢。但一结了约，同时却又开始想到丈夫的事了。我诚实地说我实在才开始想到。直到那时止的我的心，不过是一味想着自己的事，想着这遭人凌辱的自己的事罢了。这时却才想到丈夫的事，那胆小的丈夫的事。——不，不，不是丈夫的事呵。我想到历历如在眼前一般的那说话时的微笑着的丈夫颜面。我的计划，突然浮现到胸中来，怕也是想及他那容颜的一刹那的事罢。老实说到了那时我才有了死的觉悟。而且我能决定了死，我也深感到愉悦。但当我止住了哭泣，一抬起头来，凝视着他那一方，而且在那里发现了依然和前一样，映在他心头的我的丑态，这时候我感到我的喜悦已消失去了。那个——我却又忆起了和乳母一同看过的那月蚀的昏暗。那真有些像隐藏在这喜悦的底里的种种事物的怪状，都一时放射了出来似的，我要替我丈夫死的是，真个是为着爱着我的丈夫么?不，不，我心里无非想借这样有利于己的一个口实，去补偿我的委身于他的罪恶罢了。这没有自戕的勇气的我!这有了一种总希望着多少使得世间能善视我一些的那寂寞心情的我!然而那也许总能见宥于人罢。但是我却更卑劣更丑恶。我不是想借着替丈夫死的美名，实际上却对于他的憎恶，蔑视，和戏弄我的他那邪恶的情欲的复仇么?我一看他的脸孔，那一种月光似的生生的气象便消失了去，只有悲伤的情调，立刻冰结了我的心。这实在是明明白白的一个证据。我并不是为着丈夫死，我却为着自己要去死。伤害了我的心的那懊悔，污秽了我的身的那憎恨，为着了这两桩，我要死。唉！唉！我非特没有活的意义，竟连死的意义也都没有了的。

然而这连死的意义都没有的死法，较之活着，在我却真不晓得是怎样地可以欣羡呢！我无理地对这悲哀，装出微笑，反复地竟和他结了谋杀丈夫的约了。敏感的他，从我的话里，总推察出来，万一他不守约，我真说不定要做出怎样的事来的么。但看来，连誓言都已说出的他，总不至于不偷偷地来的。——那时风的声响么？——从那日来的苦思，今夜总可以告终结了。这么一想，真的心头就感到了宽松似的。明天的太阳，必定射出寒光，落在这无头的我的尸骸上罢。一看到那个，丈夫，——不，不想丈夫的事。丈夫虽然爱着我，但在我对他的爱却竟连怎样处置的力都没有。自从前以来，我只爱过一个男人。然而那男人今夜却就要来杀我了。连这灯台的光，竟也对于这样的我，光耀得肆无忌惮！唉！竟也对着这被恋人虐待到极点的我呵！

袈裟吹灭了灯。不久在暗中，微微听得开窗的声音。同时射进淡淡的月光。

（方光焘　译）

译者附记

《袈裟与盛远》是一篇根源于史实的创作。芥川氏是一位很喜欢从"故纸堆里"找材料的作家；这一篇却也能代表他的一面。

关于袈裟与盛远的事，《源平盛衰记》里有很详细的记述。现在为供读者参阅起见，特简略地叙述几句。

袈裟是渡左卫门尉的妻。父名不详，母衣川氏。盛远姓远藤，是衣川氏的外甥。在袈裟未出嫁前，盛远似乎没有和她会面过。

有一年的三月中旬，正值村中渡边桥落成祭的时节，盛远（其时盛远年十七，袈裟年十六）突在途上，遇见了一位美女，心中惊叹着她的艳影，便暗暗尾随在她后面，直跟她到了渡氏的门口，一查底蕴，才晓得她是袈裟，是衣川氏的女，是渡左卫门的妻。

自此之后，盛远废寝忘餐地痛尝了六个月的相思苦。到了九月十三日的那天早晨，他真有些耐不住了；便带着刀，跑到他的姨母衣川氏家里去。他硬说着他姨母是他的仇敌，要杀却姨母。衣川氏惊骇之余，追问了他的究竟，才明白了为的是袈裟。他怨恨着他姨母把袈裟嫁结渡左卫门却累他受尽了相思的磨折。这在盛远的意思，是想杀却了姨母，自己也拼一个死，落得干净。衣川氏看他来势汹汹，只得权且允许她今夜叫袈裟回家来和他相会。

盛远去后，衣川氏独自啜泣悲伤。心中想着，若不叫袈裟来和他相会，不晓得他要做出怎样的事，若叫了袈裟和他相会，那么怎样对得住渡左卫门尉呢！但后来终于叫了袈裟回来，把这事的底细，和她说了；而且拿出小刀要袈娑先把她杀死，免得死在盛远手里。袈裟眼见着自己的母亲，为了她之故，却陷入了这样的难境，便甘愿失身盛远来解除母亲的苦难。

这一夜盛远终于来和袈裟幽会了。当黎明分袂之际，盛远依依惜别，热望着和袈裟做一世的长久夫妻；而且拔刀示意，大有要和渡一决雌雄的样子。袈裟不得已便和他商量一条谋杀渡左卫门的妙计。她告诉盛远，她回去后，要替她丈夫洗发，且将酒灌醉了他。盛远来时，只要摸着湿发的头，便下手，那么大事就可告成。

袈裟归后，也不和丈夫说什么，真的把酒将他灌醉，故意使他睡在内间，自己却把头发洗湿，穿了男装，假睡在床上。盛远不明底蕴，来时却竟错杀了他自己的爱人。回来细审人头，才晓得他所杀的却是袈裟。悲痛之余便带了人头跑到渡那里去。他说明了始末，且要求着愿死在渡的刀下，以了此冤孽。渡对他说现在就死了，也无益于袈裟，倒不如从此改心修行，深自忏悔，去超度袈裟的亡魂为是。盛远因此就出了家，改名文觉，后来毕竟成为一位有名的高僧。

薮　中

樵子对答检非违使查问的说话

是的，发现那个尸体的正是我，不错。我今朝照例去斩伐里山的杉木，不道在山背的薮中，见了这个尸体。所在的地点么？这是离开山科的驿路有一里光景，是竹林中杂生着细小杉木的地方，是一处阴森森无人气的地方。

尸体穿着淡蓝色的短褂，戴着京式高冠，仰天倒在地上。你想这一刀的刺伤，正是在顶要害的胸口，尸体周围的枯竹叶，像浸透了苏木水一样。不，血已经不流了，伤口也似乎已干了。而且还有一只盲蝇。好像我的足音都不听得，着着地叮在上面。

不曾看见什么刀或者别的东西么？没有，什么都没有，除了旁边的杉木底下有一段绳。还有——对了，绳以外有一只梳子。在尸体近旁的，只有这二件，可是地面的草和竹叶，是很受了蹦践的样子，想来这汉子被杀之前，定然经过一场恶斗的。什么？马有没有？那里却是马正跑不进去的地方，究竟因为马能通行的路是还隔着一个薮的。

行脚僧对答检非违使查问的说话

那个成了尸体的男子，的确昨天是碰到的。昨天的——大概是午刻罢。地点是在要从关山到山科的途中。那人和骑在马上的女子一同向关山方面走来，女的有帷子遮着，所以面貌是看不出来。能见的，不过是像灰青的衣色而已。马是白马——确实是像法师毛的马。高么？总有四尺光景高罢。——不过我是沙门，这种事是不大清楚的。男的是——不，带着刀。也携有弓矢。而且在黑漆的矢服中，插着二十多杆的征矢，这是现在都还记得很清楚的。

那人会有这样的遭遇，是梦中也想不到的。真个叫作人生如露又如电啊，啊，真是怎么说也不好，真是很可怜的事情。

放免对答检非违使查问的说话

我所捕获的那个人么？这确是名叫多襄丸的一个有名的巨盗。本来我捕获的时节，他原是已从马上掉下来，在粟田口的石桥上呜呜地呻吟了。时刻么？时刻大概是在昨夜初更。前回逃走了的时节，也是穿着这蓝青的短褂佩着扑刀。这回却又是你见的，多了弓矢之类。啊，是这样的么？那个死了的汉子所携的就是这些——那么杀人的便就是这个多襄丸了，包革的弓，黑漆的矢服，鹰翎的征矢十七杆——这都是那个汉子所有的罢。喏，马也正是所说的法师毛的白马。被这畜生颠下来，总也是果报了。它是就在石桥的过去，拖了长的缰绳，在吃道旁的青芒。

多襄丸这东西，在洛中徘徊的强盗之中，是一个好色的坏蛋。去年秋天到鸟部寺的宾头卢的后山来进香的女客和婢女一同被杀，也说是他所犯的案子。若是那个男子是被他所杀的，那么骑白马的女子，也许是被带在什么地方怎样了。并不是我多嘴多舌，这一点也请查问查问。

老妇对答检非违使查问的说话

是，这尸体是我的女儿所嫁的男人。但是并非京都的人，是若狭国府的武士。名字叫做金泽武弘，年纪二十六岁。不，性情是很好的，决不会有什么怨仇。

女儿么？女儿名叫真砂，今年十九岁。她是不让过男子的性烈女子，除了武弘以外，不曾和旁的人有过什么关系。面色是残黑，左眼梢有颗小痣，是小型的蛋脸。

武弘是昨天和女儿动身到若狭去的，会出了这样的事，真不知前世作了什么孽。女婿是已经这样，无法可想了。还有女儿，是怎么了，真心里焦烦不可耐。请允从老人的唯一的恳愿，无论上天入地，都要把我女儿找回来。总之，顶可恨的是那个叫作什么多襄丸的强盗。女婿是没了，女儿也……（以下哭了无话）

多襄丸的供词

杀死那个男子的是我。但是并未杀女子。那么跑什么地方去了？这我也不知道，啊，慢些。无论怎样地拷问，不知道的总说不出来。而且事情已是如此，我也不想作什么卑怯的隐讳。

昨日午刻稍过，我碰到了那夫妻。那时由偶然的风脚带过，挑起了绢的帷子，所以倏地见了那女人的面貌。——倏地是当眼中关着的刹那又已消失了。也许一面是因此之故，我觉得那女人的面貌，像菩萨一样好看。我咄嗟之间，决定要弄那女子到手，即使要杀那男子，也不顾惜。

什么，杀一二个人，并不是像你们所想那样的了不起的事情。反正要掠夺女人，男子定是要被杀的。不过我杀时是用腰间佩的刀，你们是不用刀而用权力，用金钱，再不然还能用三寸的舌尖。表面上原是绝不流血，人也是好好地活着。——但实在却是杀了的。从罪孽的深度看来，是你们坏还是我坏，是

谁坏，怕不分明罢。（嘲讽地微笑）

不过，不杀男子若能把女子夺到手，也没有什么不满足的。不，那时候的心情，是有避开杀男子而夺女子的决心。但是在那山科的驿路上，总做不到这事。于是我就想骗那夫妻到山里去的方法。

这是不成什么问题的。我同那夫妻同路，讲起对面山中的古冢，发掘那古冢，得了许多镜和刀剑，我不给谁知道，埋在山背的薮中，若有希望的人，什么都可贱价卖给他——这一段话。那男子在说话中受了我的诱动。以后——怎样？物欲这东西不是很可怕的么？以后不半时，那夫妻就跟了我走上山路去了。

我到了薮前，就说宝物是埋在这里面的，来看罢。男子已是很渴望着，不会有异议的。但不叫女子下马，而使她等候。就看那薮的茂密，这却也不是无理的，在我，实际说起来，却正中下怀。就离开孤身的女子，和男子走入薮中。

薮暂时都是茂密的竹，几十步之后才稍疏朗，有些杉木——对于我所要做的事情，没有更方便的场所了。我分开竹枝，说宝物是埋在杉木底下，说这合于情理的诳语。那人听了我这样说，就拼命地望前进行，望着已经能透见细小杉木的地方。这中间竹稀少起来，杉木也几树成林了。——我一到这地方，一分一秒也不延迟，立时把他弄倒了。那人总也是带刀的，像有相当的力气，可是出其不意地突击，却受不住。立时就倒在一枝杉木脚下，缚住了。绳么？这是做贼的好处，什么时候要跨墙越壁是保不定的，绳是早就准备好在腰间。不必说，要不使他张声，就把竹的落叶塞他满口。此外没有烦难了。

我把那男子摆布好之后，就到女人的地方去，说，男人仿佛起了急病，快去看看。不必说，这当然不会错的。女人就脱了市女笠，由我引着手到薮中来了。到了这地方，却看见男子是缚牢在杉木脚上的。——女人一见这样子，不知什么时候从怀拿出来的，忽地挥起了小刀。我从未逢着过这么烈性的女人，倘使这时光一大意，要被她一刺破了肚皮。即使这一下是躲过了，对于她的乱刀，受什么伤是保不住的。我总是多襄丸啰，东躲西拦之中，也不拔刀，终于把她的小刀打落了。无论怎样霸气的女人，手里失了武器，便也没法了，我到底照预期的不必杀伤男子的生命，而把女人弄到了手。

不必杀伤男子的生命，——是的。我当时并没了要再去杀那男子的心思。可是正要丢开伏着哭泣的女子逃出薮外的那刻，女人突然像发了疯的样子，攀住我袖口。而且听见他断断续续地说，你死或夫死，请你们二人中死去一个。给两个男人知道我这丑事，是比死还难堪的事情。而且也说无论结果怎样，她愿跟陪那个活着的，——真个是喘喘地说着。我这时忽猛然起了要杀那男子的意思。（阴郁地兴奋）

这样对你们讲了，不要以为我一定是比你们更残酷。因为你们不曾见那时那个女子的样子。更加是不曾见那一瞬间的像烈火一般的眼波。我受到了那女人的眼光时，心中想即是遭雷火殛死，也要收她为妻。收她为妻，在我念头的，只有这一件事。这不是像你们所想象的卑劣的色欲。若是那时除了色欲以外没有别的东西，我就能踢倒了女人，快快逃走了。这样，也可以不必用男人的血来染污我的刀了。但是在阴暗的密林之中，凝视女人的一刹那，我就决定若不杀死那男子，我不离开这丛林密篑。

但是杀那男子我也不用卑怯的手段，我把男子的绳解了，对他说我们用刀解决罢。（落在杉木底下，是那时忘却的绳）那男子也不休息，就找出了他的刀，立时也不开口，愤然向我打来。——这场刀打的结果如何，可以无庸多说了。在第二十三个会合，我的刀锋刺中了敌人的胸口。在第二十三合，——请不要忘了这个。对于这点，我现在还是佩服的。因为和我打到二十回合以上的，天下只有这个人。（快活地微笑）

我在那男子倒了时，就拖了血污的刀，回头看女子，那知——怎的？那个女人不见了，不知到什么地方去了。我在杉林中看看，探视那女子逃到什么地方去，可是在竹的落叶上，也找不出什么可疑的踪迹来。又把耳朵耸起静心一听，只听得男子喉间断气的音声。

或许那女子当我们开始斗刀的时候，溜出林子，去喊人来帮了。我——这样想着，这回是我的性命了。所以卷了刀箭之类，立刻走回原来的山路。那里，女人骑的马，还在静静地吃草。以后的事，讲也没有什么用。不过在进京以前。已经把刀卖了。——我的供状，就是这样。反正总有一回是要挂在城楼上的头，请从严惩办，赶快执行吧。（昂然的态度）

到清水寺来的女子的忏悔

——那穿蓝青短褂的男子，污辱了我之后，横睨受缚的丈夫，作嘲弄的笑容。夫是怎样地愤懊呀，但是无论怎样气恼。只绕着身体的绳，更加觉得切切地扣入罢。我不觉连跌带滚的样子，走到夫身旁。不，只是想要走过去，但是这刹那间，那男子把我踢倒了。正是在这时刻，我在夫的眼中，看出了一种不可名状的光辉。是不可名状的，——我想起了那一副眼色，现在还是要发抖的。口里不会讲一句话的夫，在这刹那的眼中，传出了心的全部。而且在这光辉中所倏闪的，不是怒也不是悲，——只是轻蔑我的一种冰冷的寒光。我是受那男子的踢倒，宁可说是受这眼光的打击，狂喊一声，倒了去，是昏倒了。

好一会才得醒转来时，那个穿蓝青短褂的男子已是不知去向了。只剩有在杉木脚边，夫是缚着，我从竹叶的地上，好容易撑起身来，就看着夫的样子。但是夫的眼色，分毫也不和先刻两样，仍是在冰冷轻蔑的底下，藏着憎恶的光彩。羞耻，悲哀，愤怒，——这时我心中的苦闷，真没有说话可以形容的，我飘飘摇摇地站起来，走到夫的身旁去。

“你，事情已经这样，我再不能和你一处了，我已经决心死了。但是，——但是请你也死。为我而死，你目睹我的丑态，我不能这样让你一个人活着。”

我拼命地说了这样的几句话，可是夫仍是嫌恶的样子，只凝视着我。我耐住像要破裂的胸口，搜寻夫的刀。但是大概被那强盗夺去了，刀不必说，就是弓矢之类也没有了。可是幸而还有那个小刀，却跌落在我的脚边。我把这小刀拿起来，再向夫这样说，

“那么，先让我取了你的命，我也就来的。”

夫听了这句话，才动了动眼皮，不必说因为满口塞了竹叶，声音是听不出的。但是我看他的动，立刻知道他这说话的意思。夫是不改变轻蔑我的态度，而说“杀罢”这句话。我像做梦的样子，在夫的淡蓝色短褂的胸口，着的把那小刀刺了进去。

我这时大概又昏了去罢。当我醒来时，四下一看，夫仍是缚着，而早已断了气了。在他的苍白的面孔上，竹杉交错的天空里射下来一条日落的斜阳。我泪泉倒向心流，解去了尸体的绳，丢了。那么——那么，我是怎样了？这一点我已经没说明的力量了。总之，我是没有就死的力量，用小刀向喉头刺，投身到山脚下的池中，试过许多方法，总是死不了。现在还在这

里。照这样子，总不能有什么可以自负的吧。（惨凄地微笑）像我这样不中用的东西，也许大慈大悲观世音菩萨都要见弃的。但是杀了亲夫的我，被强盗污辱了的我，到底怎样才好，到底怎样才好。——我——（突然剧烈地啜泣）

鬼魂借巫女的口所说的话

强盗强奸了我妻，就坐在那地方，用种种话来慰抚她了。不必说，我是发不出声的，身子也被缚在杉木上。但我在这中间，不知对妻丢了多少眼风。不要相信那人的话，什么都当他假的，——我想传给她这种意思的。但是妻却悄然坐在竹叶的地上，悄然看着膝头。这不是很像听信了强盗的说话么？我为嫉妒而愤怒，但是强盗却得寸进尺，巧妙地运用说辞。纵使肉身的被污只有一次，以后夫妻之间总难圆满。跟这样的丈夫，何如就做了我的妻。我也是因为见你可爱，所以做出这样的事来。——强盗到后来很大胆地说了这些话。

听了强盗的这样话，妻惘然抬了头。我从未见我妻像在这时刻那样的美貌。但是那美貌的妻，当着那时被缚的我面前，怎样回答那强盗呢？我虽则冥世游魂，每记起妻的回答，而不感到中心忿懑，是不成的。妻确是这样回答，——"那么无论到什么地方，都带了我去。"（长长沉默）

妻的罪恶，并不止此。若止如此，那在暗中，我的苦也不会像现在这样的。但是妻像做梦一般携在强盗手中，要出这竹林的时节，忽然颜色一变，指着杉木脚边的我。“杀却那个人。那个人活着的时节，我不能和你一处的。”——妻像疯狂了的样子，不知喊了几回。——“杀却那个人。”——这话像狂风一般，即是现在也像要把我吹落到绝远的黑暗的底处。这样可憎恶的话，在人的口中会有一次吐露出来么？这样可诅咒的话，在人的耳中会有一次听到么？这样——（突然迸出的嘲笑）听了这话的时节，强盗也变了颜色。“为我杀了那人”——妻喊着这话，牵缠强盗的袖口。强盗只凝视她。不说杀也不说不杀，不给回言。在这样想念的一刹那间，妻已被强盗踢倒在落叶地上了。（二次迸出的嘲笑）强盗缓缓地双手交在胸口，就向着我，“怎样处置那女人？杀却么？或者放过了她？你点头回答好了，杀却么？”——只因这一句话，我也想恕过强盗的罪孽。（再长久沉默）

妻在我踌躇中间，突然发一声喊，逃入竹丛去了。强盗也立时去抓她，可是好像连袖缘也抓不着的样子。我不过像幻觉一般看着这种情景。

强盗在妻逃去之后，夺取了我的刀箭之类，把缚我的绳切断了一处。“这回是我身上了”——我见强盗的影子在林外消失的时候，听见这样的啸声。以后四围都静寂了。不，还有什么人的哭声。我解着绳侧耳细听，但是那声音是觉得了。这不是我自己的哭声么？（第三回长久沉默）

我好容易从杉木底下撑起了极疲乏的身体，在我面前地下有妻所落下的小刀发光。我把这件拿在手中，就向着自己的胸口一刺。有些什么腥臊的块涌起到口中来。却也没有什么难受，不过胸口冷了之后，更觉得周围的静寂。啊，是怎样的凄凉呀！这山背的密林地方，天空也不来一只小鸟飞鸣，唯有杉木竹竿的梢头，漂着几线惨淡的日影。——日影也次第地淡暗，已经看不出杉木和竹枝。我是倒在那里，包里在厚重的阴静之中。

那时有个什么人，蹑足到我身旁来。我要转去看，可是在我周围早已布满了昏暗了。谁人——由这不知是谁地手，轻轻地把胸上的小刀拔去。同时在我口中，又一回流出血来，我从此就永久沉在冥间的暗中了。

（章克标　译）

南京的基督

一

一个秋天的夜半，南京奇望街某屋的一室里，有一个面色苍白的中国少女在旧桌子上托着腮，倦怠地嗑着盆中的瓜子。

桌上的摆灯放着薄暗的光，那光与其说是使室中明亮，不如说反有增进阴郁之力。在壁纸驳损了的室之一隅里，拖着毛毡的藤绷床，垂着尘秽了的帷帐，桌子的那面，一张旧椅子几乎被忘了似的摆着。此外，室中别无可作为装饰的家具之类的东西了。

少女全不关心这些，有时停了嗑瓜子，还举起了那澄静的眼，去注视对方的壁间。原来就在那壁间的钩钉上敬虔地挂得有小的铜制十字架，十字架之上如影朦胧地浮出着高展两臂被钉着的制作稚拙的受难的基督浮雕像。少女看着耶稣时，那在长睫毛后的寂寞的眼色，似乎立刻消去，同时活活地露出天真烂漫的希望的光来。可是，及视线一移动，她就漏出叹息，颓然无力地降低了那褪了光泽的黑缎的上衣肩部，重去滴笃滴笃地嗑盆中的瓜子。

少女名叫宋金花，为了要补助贫困的家计，夜夜在这室中接客，是一个现年十五岁的私娼。秦淮许多的私娼中，容貌像金花的当然很多，可是，要找一个像金花样好情性的少女，究竟有没有第二个，至少是疑问。她不像别的卖笑女子，不说谎，也不倔强，每夜总是浮了微笑，和来访这阴郁的室中的各种客人戏狎。遇到客人有照约束多给了钱的，她就拿去供给父亲，叫他多喝一碗欢喜喝的酒，这是她的快乐。

金花的如斯的性行，不用说出她的天性，如果要是尚有其他的理由，那就是，像壁间的十字架所示的样子，金花自幼遵从了亡母的教育，坚持着罗马加特力教的信仰一事了。

却说，今年春天，有一个来看上海赛马带探中国南部风光的年青日本旅行家，曾在金花房中过过好奇的一夜。那夜，他衔了雪茄，曾在洋服的膝上轻轻地抱着金花，忽而瞥见了壁上的十字架，露出诧异的神情：

“你是耶稣教徒吗?”用了半三不四的中国话问。

“呃，五岁的时候受了洗礼的。”

“也来做这样的买卖?”

这时他的声音似乎带着嘲笑了。可是，金花却把鸦髻的头靠在他的腕里，快活如常地泄着露出了齿的笑容。

“因为不做这买卖，父亲与我都要饿死的缘故。”

“你的父亲老了吗?”

“呃，——已经不能起动了。”

“但是，——但是你不想到做了这行业是不能入天国的吗?”

“不会的。”

金花看了十字架一眼，呈出深思的眼色：

“我想在天国的基督，必会鉴察我的心的。——否则，基督也就与那姚家巷警察署的老爷一样了呢。”

年青的日本旅行家微笑了。同时在衣袋里探出一双翡翠的耳环来，亲手给她戴在耳上：“这是方才买了预备回到日本去送人的，给了你，当作今夜的纪念吧。”

实际，金花从最初接客的那一夜起，就自安于这样的确信了的。

不料，从一个月光景以前，这敬虔的私娼，竟不幸成了患着恶性杨梅疮的身体了。伙伴里的陈山茶知道了，教她饮鸦片酒，说可以止痛的，后来，也是伙伴的毛迎春很亲切地特为把自己服剩的汞蓝丸迦路米等送来给她。可是，不知什么缘故，虽不接客，专心静养，金花的病，总没有好起来。

于是，有一天，陈山茶到金花那里来玩的时候，真实可靠似的告诉她这样迷信的疗法。

“你的病是从客人传来的，赶快去传还给别人啊。只要如此，二三日里就会好了哩。”

金花托着腮，仍不改其愁容，可是，在山茶的话里，似乎多少感到了好奇心的样子。

“真的？”轻轻地反问。

“呃，真的啰。我的姊姊也曾像你的样子病了不肯好，后来传给了客人，立刻就好了哩。”

“这客人怎样了？”

“这客人吗，那真可怜啰，据说还连眼都瞎了呢。”

山茶去后，金花独自跪向了挂在壁间的十字架仰望着受难的基督，热心地这样祈祷：

“在天国的基督啊！我为了养父亲，做着这样龌龊的买卖。但我的买卖，除污了我自己一个人以外，并不加害于任何人们。所以，我想，我就是这样死了，必仍可入天国的。可是，现在的我，如果要不把这病传给客人，就不能继续做从前样的买卖。这样看来，非要有即使到要饿死了——如果如此，这病原也会好的——也不与客人睡在一床的决心不可。因为否则，就是为了我们的幸福，把无怨无仇的别人陷到不幸的地方去了。不过，无论怎样说，我终究是女流之辈，保不住在什么时候，要陷入什么诱惑中去。在天国的基督啊！请监护我！因为我是个除了你以外，别无可靠的女子！”

这样决心了的宋金花，以后虽被山茶迎春怎样地劝做买卖，总是执拗地不接客。有时熟客到她房中来，除了相对吸烟以外也决不允从客人的要求。

“我生着可怕的病，一来近我，就会传染给你的啊。”

有时客人醉了，无理地要她顺从，金花老是这样说，甚至于不惮把病着证据给他看。因此，客人渐渐不到她房里来了，同时，她的家计也一日苦一日了。

今夜她仍靠着这桌子，只管茫然地坐着。可是，仍不像有客人会到她房里来。夜不觉深了，她耳中所听到的，只是在不知何处叫着蟋蟀声。并且，室中无火，寒气从地上水也似的次第袭到她那灰色的缎鞋，——鞋中瘦生生的脚上来。

金花茫然地注视那薄暗的灯光长久了，既而打了个寒噤，搔着那戴着翡翠环的耳，把小哈欠忍住。这时，洋漆的门猛然开启，一个陌生外国人跄踉地进来了。因为那势头猛了的缘故吧，桌上的灯火一时透了起来，狭室中满涨着红红的带煤的光。客人满浴了这光，一度靠近桌子来，既而又立直了退到后方，把背靠住了才关上的洋漆门。

金花不觉立起身来，呆呆地把视线投在这陌生的外国人身上。客人年龄大概三十五六吧，穿了似乎像有条纹的茶色洋服，戴了和衣服同材料的打鸟帽，大眼，有须，是个面色褐色的男子。最不可解的是，虽然是外国人，但竟分不出是东洋人抑是西洋人来。他把黑色的头发蓬出在帽外，衔了火已熄了的烟斗，挡住着门，那样儿无论怎样看，总要以为是醉汉闯错了人家了的。

“有什么事?”

金花略感到惊恐，仍立在桌子前，硬了舌头这样诘问。客人摇头表示是不懂中国话的。既而，取出了横衔着的烟斗，流出一句不知何意的圆滑的外国话来。这样一来，金花也除了在灯光中闪动那耳环的翡翠把头摇给他看以外，没有别法了。

客人见她惊惑似的蹙着美秀的眉，忽而大声笑着胡乱地把打鸟帽脱去，跄踉走近她来，在桌子那方的椅上，重重地坐下。这时，金花觉得：这外国人的相貌，虽记不起何时何处，而是确曾见到过的，感到一种亲切来了。客人毫不客气地抓着盆中的瓜子——并不去吃——注视了金花一会，既而一边装出怪异的手势，一边说出外国话来。她虽不懂这话的意义，但这外国人的对于她的买卖有着若干的理解的事，是约略推测到了的。

和不懂中国话的外国人过长长的一夜，这在金花不是稀罕的事。于是，她一坐椅子，就表出那差不多成了习惯的媚人的微笑，说起对手全然不懂的戏谑来。客人竟像是懂得这戏谑的，答说了一二句，发出快活的笑声，比前更注目地做出各种各样的手势。

客人的吹息有酒臭。可是，他那陶然的酡颜，充满了男性的活力，觉得这落寞的室中的空气为之一旺。至少在金花的眼里，日常见惯南京人不必说了，就是一向所见过的外国人，无论那个东洋人西洋人，都没有他的漂亮。可是，说虽如此，那觉得这“相貌曾经见过的”这方才的感情，无论如何总是不去。金花即当在眺着那客人额上垂着黑色卷发，轻狂地送着媚态的时候，仍拼命地想唤起最初见过这相貌的记忆。

“也许就是前次和一个胖胖的夫人同乘过画舫的人？不，不，那个人头发的颜色，还要赤得多。不要是带了摄影机向秦淮的夫子庙摄影的人？但是那个人比他年纪觉得还要大些。对了，对了，有一次，在利涉桥畔领事馆门前去兜客人的时候，恰好有一个像这客人的人拿了粗粗的藤杖，在抽打车夫的背呢。或者就是——却是，那人的眼，似乎还要比他青些……”

当金花在这样想的时候，那愉快的外国人早已装烟于烟斗，喷着好闻的烟味了。忽然说了些什么话，接着和蔼地笑了，伸出两个指头，突送到金花的眼前，神情上装出“?”的样子。两个指头表示两元，原是谁都明白的，可是，暂不留宿客人了的金花，却巧捷地磕着瓜子，把笑颜摇了二次，表示不可。客人于是横靠了两臂，在薄暗的灯光，伸长了醉颜，注视了她一会，既而又伸出三指，那眼色似乎在等待回答。

金花略靠着椅子，含了瓜仁，现出为难的神气。客人总还以为两块钱不够作夜度资呢，但对于不通言语的他，要令其明白这其中的一切，觉得也到底是不能够的事。于是金花重新后悔自己不该轻率，把冷静的视线转向别处，不得已再断然地摇一次头给他看。

可是，对方的外国人却微笑着表出踌躇的气色来，接着就伸出四指，和她讲外国话了。穷于对付的金花，已连微笑的气力都没有，就这样地决了心：事已如此，除了一味摇头，待他自己断念以外，别无方法的。正在这样想的时候，客人的手已像在空中捉摸什么似的，终于把五指都张开了。

这以后，两人杂用了手势和身段，作着许多时候的问答，客人方面只管踊跃地把手指一个一个增加，终于表示出就是十块钱也不惜的豪气来。可是，普通私娼眼中所认为巨款的十元仍不能摇动金花的决心。她在这以前已离了椅子，斜立在桌旁了。见了对方的两手的十指，焦急地顿着脚，只管摇头。不知为了什么缘故，悬在钉上的十字架，忽然在这时脱下，发着轻脆的金属音，落到脚下地上来了。

她慌忙地伸手把珍重的十字架拾了起来。无心中看那受难的基督时，奇怪绝了，那相貌竟是和桌子那面的外国人毫忽无二的。

“总觉得是在什么地方见过的，原来就是这基督的相貌。”

金花把铜的十字架挡住了在黑缎上衣的胸部，不觉把惊奇的视线投到在桌的那一面的客人而上去。客人仍在灯光中映着带有酒意的脸面，时时吐出烟斗中的烟，浮着有意味的微笑。他的眼似不绝地在她身上——大概从白的粉颈起首到戴着翡翠环的耳朵周围——徘徊。可是，他虽样儿如此，而在金花却感到有一种和善的威严充满着似的。

既而，客人停了吸烟，略斜倾了头用笑声说出不知是什么话来。这在金花心里，差不多像那巧妙的催眠术家说话给被术者的样子，起了暗示的作用。她那坚强的决心似已全忘了，略伏下了含笑的眼，手弄着铜的十字架，就羞答答地走近这奇怪的外国人旁边去。

客人探手入裤袋中，作出锵亮锵亮的银圆的声音，依然用了微笑的眼光，快悦地凝视立着的金花。既而，他那眼中的浅笑，变了好像有热的光，立刻从椅上跳起身来，拼命地将金花抱住在有酒气的袖腕中了，金花全似失了神的样子，把那悬着翡翠耳环的头后仰了，在苍白的脸皮下，晕出了新鲜的血色，恍惚地注视他那向自己鼻端逼近来的脸孔。委身于这怪异的外国人呢？还是不要把病传给他，拒绝了他的接吻呢？这种费思索的余裕，不用说已是全然没有了的。金花将自己的唇，放任给那客人的满长着胡髭的唇时，只觉得一种燃烧似的恋爱的欢喜，——初次尝到的恋爱的欢喜，猛冲上胸来。

二

数小时以后，熄了灯的室中，唯有悠微的蟋蟀声杂在床中二人的鼾息里，加增了寂寥的秋意。可是，这时金花的梦魂，却从尘污的床帐，烟也似的高高升上到屋顶星月的夜空去了。

金花坐在紫檀椅上，下箸于陈在桌上的各种珍馐。燕窝，鱼翅，蒸蛋，熏鱼，整只的烧猪，海参的羹，——数也数不尽。并且，所有的食皿，全是那满画着青的莲花或是金的凤凰的贵重的磁器。

她的背后，有一个垂着绛纱的窗，窗外似乎还有一条河，幽静的水声和橹音，不绝地传到耳里来。这很使她重新引起自幼见惯的秦淮的情味。可是，她现在所居的，确是那在天国街上的基督的屋里。

金花时时停了箸去观看桌子的周围。可是广大的屋中，除了雕得有龙的柱子，开着大大的菊花的花盆，熏受着肴馔的热气以外，连一个人影也没有。

说虽如此，桌上的食器一个空了，新的肴馔不知从何处来的，就会冒了热蓬蓬的香气摆到她的面前。忽而，那未曾动过箸的整只的烤雉鸡等，竟会鼓起翼子，打翻了绍兴酒瓶，勃达勃达地飞上天花板去。

这当儿金花觉得有人无声地走近她椅子后面来了。拿了箸回头去看，不知是什么缘故，方才觉得有窗的地方已没有了窗，那铺着缎子坐垫的柴檀椅上，有一个陌生的外国人衔了铜的水烟袋悠悠地坐在那里。

金花一见这人，就辨别出即是今夜宿在她房里的男子。唯有一点不同的地方，这外国人的头上，在空中尺许罩着一道新月似的光环。

这时，金花的眼前宛如从桌子中涌出似的，又运来了一大盘热气蓬蓬的美肴。她立刻举起了箸，想去尝那盘中的珍味，忽然想到她背后的外国人，就回过头去："你不一起到此地来吗?"局促似的说。

“呀，你只管请吃，吃了这，你的病今夜就会好了。”

顶着圆光的外国人衔了水烟袋，露出含有无限之爱的微笑。

“那么，你不吃吗？”

“我吗？我不欢喜吃中国菜。你还不知道我吗？耶稣基督是一次都不曾吃过中国菜哩。”

南京的基督这样说了，就徐徐地离了紫檀椅子，从背后在金花的正出着神的颊上，接了一个温柔的吻。

天国的梦消醒，已是秋天的曙光清寒地充斥狭室的时候了。可是，垂着尘污的帷帐的小船也似的床中，还留有温暖的薄暗。金花在这薄暗中半仰着天，把圆腮埋在褪色了的毛毡里，还未曾睁开睡眼。因为被昨夜出了汗的缘故吧，油腻腻的发乱粘在那血色不良的颊上。微启着的唇缝间，白屑屑地露出着糯米粒似的细齿。

金花虽醒了以后，心尚徘徊于菊花，水音，整只的烧雉，耶稣基督等种种的记忆。可是，不久床内渐渐明亮起来，无情的现实——昨夜曾和奇怪的外国人同睡在这床上的事实，历历地闯入了她的快乐的梦魂中了。

“万一把病传给了他——”

金花想到这，就心里起了昏暗，似乎觉得今晨难见他的面了。可是，既醒了以后，要永不去看他的被日晒黑的可爱的面貌，尤为她所难堪。她踌躇了一会以后，她就偷偷地开了眼去向已经明亮的床内四看，谁知床中除了盖着毛毡的她以外，像十字架上的耶稣的他不必说了，简直不见有一个人影。

“那么，或许这也是梦哩。”

金花掀了毛毡，坐起身来，用两手揉一揉眼睛，把那垂着的帐子揭开，将朦胧的视线向空中四射。

室中的一切在寒冷的清晨的空气中几乎残酷似的历历地画着轮廓。旧桌子，熄了火的洋灯，还有一张倒在地上，一张向着墙壁的椅子——一切都如昨夜的样子。并且，小的铜十字架，也在桌上瓜子壳堆中，放着昏钝的光。金花睡的忪惺眼，茫然四顾，在凌乱的床上，忘了冷坐了一会：

“却不是梦。”

金花一边唧咕着，一边只管想那外国人的奇怪的去路。不消说，她也想到他必是乘她睡着的时候偷偷地回去了的。但是，那样爱她的他，竟不别而行独自离去，这与其说是不可相信，宁说是不忍相信。况且她还忘了未曾向那奇怪的外国人取得所承认的十块钱呢。

“莫非真回去了不成。”

她抱了不安的心，正想去提引盖在毛毡上的黑缎衣。才伸手过去，她的脸上就现出生气泼喇的血色来了。这是因为听到了油漆门外的那个奇怪的外国人的足音的缘故吗？或是因了留在枕上毛毡上的酒气，忽然唤起了昨夜羞耻的记忆吗？不，金花这瞬间身体上的奇迹，就是她自己感觉到那非常恶性的杨梅疮，已在一夜之中消到不知何处去了。

“那么他就是基督了。”

她不禁滚也似的下床来，只穿着衬衣跪在冷冷的地上，和再生之主交谈，像抹大拉的玛丽亚似的作热心的祈祷。

三

第二年春天的一夜，那曾访过宋金花的年青的日本旅行家，又在薄暗的洋灯光下和她围着桌子了。

“不是仍旧挂着十字架吗？”

那夜他偶然嘲诮似的这样说，金花立即肃然地，把有一夜基督降临南京治愈她病的不可思议的话，告诉他听。

年青的日本旅行家一边听她说，一边独自这样想——

“我知道这外国人。那是日本人与美国人的混血儿，名字确记得叫 George Murry。他曾得意扬扬地对我做那路透电报局的通信员的朋友，谈过他在南京一个信耶稣教的私娼那里嫖过一夜，乘那女子熟睡着的时候私自逃走的话。我前次来的时候，他恰和我同住在上海同一的旅馆里，所以脸孔至今还记得。据说他也是英字新闻的通信员，可是样子却不大像，似乎不是个好人。他后来因恶性梅毒至于发狂，也许就因为传染了这女子身上的病的缘故。这女子到了现在，还把这无赖的混血儿当作耶稣基督哩！我应该替她把这蒙启了呢，还是一声不响，让她永久做那古来西洋传说的梦呢？……”

金花的话说完以后，他好像一时忘了重新记起的样子划着火柴，喷起芳香的雪茄来。又故意热心似的发这样无谓的质问：

“咦？这真奇了！但是——你以后一次都不曾发吗？”

“呃，一次都……”

金花磕着瓜子，意气扬扬，毫不踌躇地回答。

（夏丏尊　译）

湖南的扇子

除了生在广东的孙逸仙等，著名的中国革命家——黄兴蔡锷宋教仁等，都产生于湖南。不用说，这也许是由于曾国藩张之洞的感化罢。但要说明这感化，仍不能不还考湖南人民气魄的倔强。我旅行湖南时，曾偶然遭遇过像下面样的小说似的小事件。这小事件，在某一意义上，也许就可以看出富于情热的湖南人民的面目的。

大正十年五月十六日的下午四时许，我所乘的沅江丸在长沙码头靠拢。

我在这以前的数分钟就凭了甲板上的栏干，望那渐渐向左舷逼近来的长沙府城。白壁及瓦屋顶形长的长沙，在昙天之下，比我所预想的还要不体面。特别的是狭窄的埠头近旁，只见新的赤砖瓦的洋房与杨柳树，宛如饭田河岸光景一样。我那时对于长江沿岸的大概的都会，早已把幻想消减了，不用说，对于长沙，也早就觉悟，除了猪猡，并无可看的东西的。但那种不体面的光景，仍给与我以近于失望的感情。

沅江丸好像服从运命似的一步一步逼近埠头去，同时绿色的湘江的水幅，也一步一步地缩狭起来。忽然一个龌龊的中国人，提了提篮等类的东西，从我眼睛直下的地方跳上埠头去。那种快捷的样子与其说是人，不如说是近于蚱蜢。正惊讶间，一个横了担棒的又巧捷地跳过水去，接着又是两个，五个，八个——转瞬，我眼睛直下满了向埠头跳跃的中国人。不知不觉中，船也已在并着赤砖瓦洋房和杨柳树的地方平靠了。

我乃离开栏杆，开始去找同社的B君。在长沙住过六年的B君，约定今日到沅江丸来招待我的。可是，总找不到像B君样的人，在舷梯上落的都只是或老或少的中国人。他们互相拥挤，口里不知嚷着些什么。其中有一个老绅士，一边下舷梯去，一边回过头来，打那在他后面的苦力。这在曾溯过长江的我，原非罕见的光景，可是也非值得把见惯向长江感谢的光景。

我渐觉焦急了，再凭了栏杆，仍去望那人波扰攘的埠头附近。要紧的B君不必说，连一个日本人也不见。可是，我在埠头的那面，——密密的柳枝下，却发现了一个中国美人。她在那水色的夏衣的胸下挂着金锁片等类的东西，很是个小孩似的女子。也许我的眼睛已惹起他的注意了罢，她仰望这高高的甲板，在红唇上浮了微笑，障着半开的扇，好像在和谁打招呼。

“喂，朋友！”

我惊异地回过头去，不知在什么时候后面来着一个穿鼠色长袍的中国人，脸上充满着和蔼之气。我一时不知道他是谁，既而在他的相貌中——特别在他那稀薄的眉毛中，记起旧友中的一人来。

“呀！你吗？是的，是的，你是湖南人。”

“唔，在这里开业哩。”

谭永年曾和我同期从一高入东大医科，是留学生中的才子。

“今天来接什么客的吗？”

“唔，接什么客。——你以为是接谁？”

“不见得来接我吧。”

谭略噘了口，滑稽地微笑：

“可是，真是来接你的啰。B君不凑巧，五六日来患着虐疾哩。”

“那么你是受B君的委托的吗？”

“就是他不委托，我也预备来的。”

我记起他一向的和蔼来，谭在我们的寄宿舍生活中，无论对谁，都不曾给予恶感过，如果对于他要加坏批评，那么就是同室菊池宽所说过的，他太不给任何人以恶感的一端了。

“但是，累你，是对不起的。我原是连宿所都曾托了B君了的。”

“宿所已与日本人俱乐部接洽好了。半月一月，都不要紧。”

“一月？哪里的话！我只要住三夜就够了。”

谭与其说是吃惊，不如说是立刻扫兴的样子：

“只住三夜吗？”

“呃，如果遇到有土匪斩首等类可看，也许……”

我这样回答，心想，长沙人谭永年听了必定会蹙额了。谁知他自从回复了快活的神情，毫不介意地回答我说：

“呀，早一星期来了就好。那里不是看见有些空地吗——”

那就是赤砖瓦的洋房前面——有着丛密的柳枝的地方。却是，方才的中国美人，已不在那里了。

“新近，在那地方，同时杀了五个。喏，就在狗走着的处所……”

“这倒可惜了。”

“杀头在日本是没得看的。”

谭大声地笑了以后，似乎想认真讲什么话了，无端把话头一转。

“那么！就上去罢？车也已在那里预备着了。”

我于第三天的十八日午后，从了谭的邀请，到那湘江隔岸的岳麓去游麓山寺和爱晚亭。

二时前后，我们所乘的汽机船，沿了日本侨民称为“中岛”的三角洲右边，在湘江中行驶，朗晴的五月天气，映得两岸风景分外新鲜，右望长沙，白壁屋瓦都袭受了日光，已不像昨日的忧郁，柑树繁茂，石砌回绕的三角洲中，好几处耸着西洋式的小建筑，在西洋建筑间，又闪着吊在绳上的洗濯物，小洲望去好像活了横着似的。

谭为要命令船夫，踞坐在船头，可是他目的虽在指导船夫，却不断地对我杂谈。

“那是日本领事馆——请用了这眺望镜——在右边的是日清汽船会社。”

我衔着雪茄，把只手伸在船外，玩那时时触上指尖来的湘江的水势。谭的话在我好比一串的噪音。可是，依了他手所指示去看两岸的风景，当然也并非不快的事。

“这三角洲叫做橘洲……”

“啊，有鹰在叫着哩。”

“鹰吗？……唔，鹰也不少。对了，有一次，张敬尧与谭延闿打仗的时候，张部下的尸首，有好几个流到这江中来，鹰竟飞下来停在尸上，一个尸上两只或是三只……”

谭正说时，另有一只汽机船在离我们所乘的二三丈的地方掠过。船中除了穿中国服的青年以外，还坐着两三个美人。我的眼倒不住向那些美人而注视在那船掠过的大缕的波浪上。可是谭话尚未完，一见了她们，恰如寻到了仇人的样子，仓忙地把眺远镜递给我。

“请看那个女子，那坐在船头的。”

我有一种父母遗传下来的执拗脾气，别人如果催我什么，偏要故意不理。并且，这时那船的浪正打冲过来洗着我们的船侧，连我的袖口都透湿了。

“为什么?”

“啊，姑且不管为什么，请看那女子。”

“美人吗?”

“呃，美人啰，美人啰!”

她们的船已驶远十多丈了，我才扭转身去，调节眺远镜，同时又感到那船突向后去的错觉。那女子在圆形的风景中略侧了脸，似乎正在听谁说话，时时露出微笑。方腮的脸上，除了眼睛较大的一点外，并不觉得有特别美的处所，却是她那前发以及浅黄色夏衣的被江风飘拂的光景，远眼看去确是美丽的。

“看得见吗?”

“唔，连睫毛都见到。可是，不甚美哩。”

我重把脸向着那似乎正在有什么了不起的谭去。

“那女子有过什么事吗?”

谭不似平日快嘴，先徐徐地燃着了雪茄，反来问我：

“昨天不曾这样说过的吗? ——在那埠头前面的空地上斩了五个土匪。”

“唔，这是记得的。”

“这里面的头目，名叫黄六一，——这家伙也被斩了——

据说他能右手执了小铳左手拿了手枪，同时射杀两个人。即在湖南，也算得有名的乱党哩……”

谭忽然叙起黄六一平生的恶业来，他的叙述，大部分似盲从着新闻记事，幸而含有浪漫色彩的比带血腥气的处所来得多。什么黄平日在密输入者中被尊称为黄老爷啦，什么从湘潭一商人强劫过三千元啦，什么腿上中了弹，还负了名叫樊阿七的副头目泅过芦林潭啦，什么在岳州的某山道，射杀过十二个步兵啦。——谭差不多像黄六一的崇拜者的样子，热心地把这种事说个不休。

“你想，据说这家伙杀人掳人的案子共有一百十七件哩。”

他在谈话的段落间，还时时加以这类的注解。不消说只有自己不受损害，土匪在我原决不厌憎的。可是，一味听了那大同小异的武勇谈，终究觉得有些厌倦起来了。

“那么，那女子怎么了?”

谭这才转了微笑，答出和我内心的推测差不多的话来：

“那女子是黄的情妇啊。”

我实不能依他的预期来加以惊叹，但是一味沉了脸衔着雪茄，也觉得有些对他不起：“唔，土匪也写意哩。”

“哪里！黄还不算什么呢。像前清末年的强盗姓蔡的是，月收一万元以上，在上海租界上造了堂堂的洋房住着哩，老婆不消说了，连小老婆都……”

“那女子是妓女或是什么吧。”

“唔，是个名叫玉兰的妓女。她在黄活着的时候，了不得地阔绰过的啰……”

谭似乎想起了什么，暂时噤了口，浮出微笑来。既而，把雪茄丢了，认真地提出这样的商量：

“岳麓有一个湖南工业学校呢，先去参观了那里不好吗?”

“唔，去看看也不要紧。”

我给了他一个勉强的答复。这因为昨晨参观某女学校时，意外感到排日的空气，使我不快的缘故。可是，我所乘的船，不管我的气氛怎样，绕过“中岛”的鼻，在晴朗的水上直驶近到岳麓去了。

就在当天晚上，我与谭同上了某妓馆的楼梯。

我们走到楼上的房间，摆在中央的台子不必说了，椅子，痰盂，以及衣柜，都和在上海或汉口的妓馆中所见的几毫无两样，只是这房中于天花板的一角吊着一铜丝的鸟笼，其中养有两只栗鼠，全然无声地在木杆上跳上跳下。这和那窗口及门上垂着的红洋布，同是到此才见的东西。可是，在我眼中，却是不起快感的。

房中最初来迎待我们的是个小胖的鸨妇。谭一见了她，就滔滔地谈说什么，她也充满了笑容圆滑地和他应对着。可是，他们的谈话中的言语，在我一句也不懂。（这不消说是我不通中国话的缘故，但长沙的言语即在懂得北京话的耳里，也似乎决不易懂得的。）

谭与鸨妇谈毕，和我对坐在大大的红木台边，在她拿来的印好的局票上，开起妓女的名字来。张湘娥，王巧云，含芳，醉玉楼，爱媛媛——这些在旅行者的我的眼中，都是中国小说里恰好的女主人公的名字。

“把玉兰也叫了罢。”

我虽要想回答，不凑巧，鸨妇划着火柴来替我点香烟了。谭隔着台子看了我一眼，就随手把笔挥下去了。

这当儿，泰然进来的，是个戴细金丝边眼镜的血色很好的圆脸妓女。她在夏衣上闪着好儿颗的钻石，且有着庭球选手或游泳选手似的体格。我见她那样儿，美丑好坏且不管，奇妙地觉到矛盾，实际她和这房内的空气——尤其和笼中的栗鼠，是个不调和的存在。

她略施目礼，即跳也似的走近谭那里去。既坐在他的膝头，又把一只手加在他的膝上，婉转地絮说什么话。谭也——谭当然很得意地“是了是了”地回答她。

“这是这家的妓女，名叫林大娇。”

谭这样说时，我不觉记起他在长沙也是大富家的儿子的事来。

过了十分钟光景，我们仍相向了开始吃那重用木耳、鸡和白菜的四川菜的晚餐。妓女除了林大娇，已有许多围绕我们。她们的后面还列着五六个戴打鸟帽的男子，都控着胡琴。妓女们恰如被那胡琴音吊起的样子，顺次地坐了唱出高吭的歌曲来。这在我亦非全然不感趣味，但比之于京调的卖马和西皮调的汾河湾，我所远感得兴味的还是坐在我左边的妓女。

坐在我左边的，就是那我大昨日在沅江丸上仅经一瞥的中国美人。她在水色的夏衣胸前仍挂着金锁片。接近了看，虽有些病的纤弱，却意外没有小家气的处所。我对了她的侧颜，不觉联想到生长在日荫的小球根来。

“喂，坐在你旁边的是——”

谭在被老酒酡红的脸上，浮出可爱的微笑，突然隔了盛虾的盆子向我扬声。

“那就是名叫含芳的。”

我对着谭的面，不知为了什么，终于忘把大昨日的事情告诉他。

“这人的言语漂亮哩，像R的发音，竟像法兰西人。”

“唔，因为她是北京人。”

含芳自己似乎毫不知道我们在以她为话题，她时时用眼瞟视我，一面快速地和谭问答。可是，与哑子无异的我，在这时也只有照例地打量两人的脸色而已。

“她问你几时到长沙的呢，我告诉她大昨日才到，她说那天为了去接人，也曾到埠头去过的。”

谭这样地翻译了以后，再去和含芳讲谈。可是，她却只含了笑像小儿似的摇头。

“唔，无论怎样，总是不肯招。方才在问她那天接谁哩……’

忽然，林大娇用手中拿着的香烟指了含芳，嘲笑似的说了不知什么话，含芳似乎羞恼了，急要想来靠住我的膝头，既而却微笑着回答了一句话。对于这戏剧的——或藏在戏剧背后的意外深远的她们的敌意，我不禁感到好奇心了。

“喂，在说什么?”

“她说，并不接谁，是去接母亲的。那里，方才据这位先生说，大概是去接名叫×××的长沙戏子的哩。”（可惜我未曾把名字记在笔记簿里。）

“母亲?”

“所谓母亲，也是假母罢咧。就是买养着她和玉兰的鸨妇啊。”

谭答毕我的话，豪饮了一杯老酒，重新滔滔地谈说起来了。除了“这个这个”以外，都是我所不懂的话。但见妓女和鸨妇都热心地听着，似乎所谈的是很有兴趣的事。并且，她们把眼来瞟我，又似乎所谈的事与我有关。我原只是当了许多人面前坦然地衔着雪茄的，至此不觉有些感到不快起来了。

“不行！在说什么?”

“哪里，我在说今天到岳麓去的船上，过见玉兰，还有……”

谭尝着上唇，更提高了兴致：

“还有，说你想看看斩头。”

“这没有什么稀罕!”

我虽听了这说明，尚未到场的玉兰不必说了，对于她的姊妹行的含芳，也不觉得可怜悯。可是，我去看含芳时，已理智地了解了她的心情了。她震着耳环，只是在台下膝头把手帕绞紧了放松，放松了绞紧。

“那么这也没什么稀罕吗?”

谭从背后鸨妇的手中，取过一个小小的纸包，郑重地把他打开，包里有包，其中是一块煎饼大小的朱古力色的奇怪的东西。

“什么，这是?”

“这吗? 这原只是平常的饼干……呀，日间不是和你谈起过土匪头目黄六一的话吗? 里面渗得有黄的头血哩，这才是在日本所不得见的东西。”

“这有什么用?”

“有什么用呢! 吃罢了。这里的人尚相信吃了可以免病的。”

谭快活地含了笑，去和恰在这时要离席而去的两三个妓女招呼。及见含芳立起身来，他差不多像乞怜的样子，有笑有说，末了，又举起一手指着对面的我。含芳略踌躇了一会，浮了微笑仍靠台子坐下。我觉得她太可爱了，就不给人看见，暗地里去握住她的手。

“像这样的迷信，真是国耻。我从医生的职业上，曾严重地加以反对，可是……”

“这只因为有斩罪的缘故罢了。像脑髓的炖灰，在日本也有吃的。”

“真的吗？”

“咿呀，怎么不真！我也吃过的。不消说这原是幼时的事……”

正说间，玉兰来了，她和鸨妇立谈了一会，在含芳之旁坐下。

谭见玉兰来，又撇弃了我向她卖起风情了。她比在外光中所见确美了几分，至少她笑起来的时候，那像釉瓷也似的光亮的齿，是可爱的。可是，我对了她的齿，不禁联想起栗鼠来了。栗鼠呢，这时仍在那红洋纱幕的玻璃窗边的笼中双双地滑跳着。

“那么略微把这尝尝如何？”

谭把饼干折断了给我看，那折断处的颜色也与表面一样。

“胡说！”

我不消说是摇头的。谭大声笑了以后，又去将饼干的一角叫在旁的林大娇吃，林大娇微蹙了额，斜侧地阻挡他的手。同样他又把这送到好几个妓女前面，既而那褐色的一片，轮到了凝妆安坐着的玉兰面前来。

我忽然感到一种诱惑，想一嗅这饼干的气味。

“喂，也请给我看看。”

“唔，这里还有一半。”

谭用了左手把那残余的半块投了过来，我从小碟与箸间把这小片拾起，可是拾虽拾起了，忽而不想去嗅，于是就默然地把他丢在台子底下。

但见玉兰注视了谭，作了两言三语的问答，受取了那饼干，复很快地向了看着的许多人谈说起来。

“翻译给你听，如何？”

谭在台上手托了头，用了醉后的笨重地舌音向我说。

“唔，请翻译。”

“逐语译呢，好吗？我愿尝我所爱的——黄老爷的血……”

我觉得身上震动了。原来那按着我膝的含芳的手在震动。

“请你们也像我的样子……将你们所爱的人……”

玉兰于谭谈说时，已在那美的齿间衔着那饼干的一片了。

我依了三宿的预定，五月十九日午后五时许，依然在沅江丸甲板的栏干上凭着了。白壁和瓦屋顶积成的长沙，在我殊不足引眼，这确也是受了次第迫来的瞑色的影响。我衔了雪茄，好几次地回忆那谭永年的快活的面貌。不知为了什么，谭未曾来送我。

沅江丸离开长沙埠头，确在七时或七时半。我完了食事，在薄暗的船室的电灯下，计算我在长沙的旅费。我的眼前有一把扇子，在不满二尺的桌外，垂着桃色的流苏。这扇子不知是谁在我未到这里以前遗留着的。我一边动着铅笔，时时又记起谭的面貌来，他的要使玉兰受苦的理由，我总不能明白知道。可是，我在长沙的旅费——我还记得，改算为日本金，恰好是十二元五十钱。

（夏丏尊　译）

手　巾

东京帝国大学法科教授，长谷川谨造先生，坐在走廊的藤椅子上，读着 Strindberg 的作剧术。

先生的专门，是殖民政策的研究。因此，先生诵读着作剧术的事，在读者怕多少总免不了有些意外之感罢。然而这一位不仅是学者，便以教育家论也负有令名的先生，本来即使对于专门研究毫无必要的书籍，只要在某种意义上，和学生的思想，感情有关系的东西，倘有闲暇，是必定都要过一过目的。近来先生为了自己兼任着校长的某高等专门学校的学生的爱读——不过因了这一点理由，就连那 Wilde 的 *De profnndis* 和 *Intentions* 等书也都已经是不辞一读之劳了。毕竟是这样一位先生的事，所以现在读着的书，虽然是论欧洲近代戏曲和俳优的东西，倒也没有什么特别可怪的地方。这无非是因为受先生薰陶的学生之中，非特有了做什么 Ibsen、什么 Strindberg 以及什么 Maeterlinck 评论的人，甚至于竟有想步近代的戏曲家的后尘，以作剧为一生事业的热心家的缘故。

先生每当读完了警拔的一章之后，便把黄布面的书搁在膝上，漫然地对着那吊在走廊里的岐阜提灯，加以一瞥。说来倒也有些不可思议，当先生这样地看了一眼，先生的想念，便就离开 Strindberg 了。和先生一同去买这提灯的，他的夫人的事，却交替着浮现到先生的心头。先生留学中，在美国结了婚，因此先生的夫人，不消说，是美国人。然而她在爱日本和日本人的一点上，却和先生没有什么差异。而且日本的精巧细致的美术工艺品，尤其能得这位夫人的中意。所以那吊在走廊里的岐阜提灯，与其说是先生的嗜好，还不如认作是夫人的日本趣味的一端的表现，更为不错罢。

先生每当放下了书的时候，常常想到了夫人和岐阜提灯以及那提灯所代表着的日本文明。照先生的所信来说，先生以为日本的文明在最近五十年间，物质方面已有了颇显著的进步，然而精神方却总看不出怎样一个进步来；非特如此而且在某种意义上，毋宁说是正在堕落着呢；说起来这实在是现代思想家的急务，对于救济这堕落的方法，究竟怎样才好呢？先生的论断，以为除了凭借着日本固有的武士道而外，没有别的办法。所谓武士道这东西，决不可看做偏狭的岛国民的道德。要晓得在这里面，反而竟含有了和欧美各国的基督教的精神相一致的东西。倘能凭了这武士道得使现代日本的思潮明白了一个归趋，那么所贡献的，决不是仅仅限于日本的精神文明。而且因此也可得到使欧美国民与日本国民的相互间的理解，成为容易的利益；或者说国际间的和平也可从此而得日益促进罢。

先生近来在这种意义上，想自己做成横亘在东西两洋间的桥梁哩。为着是这样的先生，所以夫人和岐阜提灯以及那提灯所代表着的日本文明保持一种调和，浮现到他的意识里来，也决不是一桩不愉快的事。

然而在这几次反复寻思着这样的满足之中，先生渐渐感到自己的思念和正诵读的那 Strindberg 相离，已是很悬远了。因此便微露着厌恶的样子，搔着头，复又专心地开始把眼睛注视着那细小的活版字。恰巧现在正读着的地方，写着这样的事。

“当俳优对于最普通的感情，发现了某一种恰好的表现法，而且因此获得成功的时候，他就不问适合时宜与否，一面因了那表现是快乐另一面复又为着那表现而获成功的缘故，便动辄容易趋向到做出哪一种手段来的。那就是所谓型 Manier。”

先生从来对于艺术——尤其是演剧，可说是和风马牛般的不相关。他就连那日本的戏剧，到了这样年龄，除了可数得出的几次而外，实在没有多看过。——曾经在某学生做的小说里，有过梅幸这个名字；虽然以博览强记自负的先生，却独对于这名字，竟不明白是什么一回事。因此在乘便的时候，便就叫住那学生问他道：

“所谓梅幸，究是什么？”

“梅幸——么？所谓梅幸就是现在在丸之内帝国剧场的班

子的俳优；目下正演着太合记第十段的操的脚色。”

穿着小仓布的裙子（Hakama）的学生，殷勤地这样回答。——因此之故，先生对于那 Strindberg 用简劲的笔，论评着的各种演出法，所谓先生自己的意见。可说是全然没有。不过那却能使先生联想到他留学中，在西洋所看过的戏剧的某种东西。在这范围里，他总可以感到多少兴味。说来真也和中学的英语教师，为要探寻 idiom 而读 Bernard Shaw 的剧本，没有什么大差异。然而不管怎样勉强，兴味毕竟还是兴味。

从走廊上面的天花板下，下垂着没有点火的岐阜提灯。在藤椅子上的长谷川谨造先生，诵读着 Strindberg 的作剧术。我只要写这一点事，那么想来读者总可容易地想象到是怎样地一个日长的初夏的午后罢。不过仅因为这样地说了一说，那也决不能认为先生是还在苦无聊赖。倘若有想要这样解释的人，那么便是要对于我的书写的心情，故意地加以 Cynical 的曲解的人。现在竟连 Strindberg 先生都不能不中途停顿了。这因为突然间报告来客的女佣，妨害了先生的清兴的缘故。世间不管日子怎样地长，却有些似乎非把先生忙煞不止的样子。

先生放开了书，把刚才女佣拿来的小名片，看了一眼；象牙纸的上面，细细地写着“西山笃子”，总觉得直到现在所会过的人里面，没有此人似的。交际广多的先生一面离开藤椅子又仔细地把头脑中的人名簿，翻了一遍，依然没有那类乎这名字的人的颜面，浮现到记忆里来。因此将名刺代替了夹书签，夹在书里面，便把书放在藤椅子上。那时先生就露出不安的容姿，一面把穿着的绢的单衣整一整，一面复又对那吊在面前的岐阜提灯，看了一眼。想来无论谁也都是如此的罢。叫人等候着的主人方面，比较那等候着的客人，在这种情况之下，更觉得等待得心焦呢！本来是一位平日谨严的先生的事，即使不是对着像今日一样的未知的女客，也是如此的。这一点，怕也用不着特别地来声明的罢。

于是看一看时刻，先生便开开应接室的门了。走进里面正把那握住的门钮放手的当儿，坐在椅子上的四十左右的妇人，差不多也在这时候站了起来。客人超越了先生的辨识，穿着上品的酱色的单衣，外面罩着一件黑的罗绢的外衣，（Haori）在胸前留有一条细缝的地方，那扣带上的翡翠，浮凸出一凉爽的菱形。头发是丸曲的髻，这在对于这样细小的事，毫不关心的先生，也能立刻看出来的。脸儿是日本人特有的圆脸；皮肤是琥珀色的。看来是一位贤母模样的妇人。先生看了一眼，想着这客人的面貌，仿佛总在什么地方见过似的。

“我是长谷川。”

先生很温婉地与她打过招呼。这样说一说，先生以为倘若是见过的，那么对面的人，总会说出来的罢。

“我是西山宪一郎的母亲。”

妇人用着清晰的声音，这样地通了名姓，而且复又丁宁地回了一礼。

说起西山宪一郎，先生也还记得。他也是做 Ibsen 和 Strindberg 评论的学生中的一人，他的专门，想必确是德法。自从进了大学以后，常常提出思想问题，往来于先生门下的。今春患腹膜炎，进了大学病院；先生也曾经趁便去看过他二三次。先生以为这妇人的面貌，在什么地方见过，却也并非是偶然的事。那浓眉的，精神充足的青年，和这妇人，若要用一句俗语来形容，可说是"刻印板"一样，相像到真有些可惊异了。

"噢！是西山君的……是了。"

先生一面独自点着头，而又向那在小桌的对面的椅子，指了一指。

"请坐。"

妇人对这突然的访问，道了歉后，复又丁宁地施了一礼，便坐在主人所指的椅子上。那时候她从袖里拿出了一块白的东西来，想必是手巾罢。先生一看见了，就把朝鲜团扇递给她扇，自己便坐在对过的椅子上。

"真是很好的房子。"

妇人微似故意地，把室中看了一遍。

"哪里！大虽然大，却是毫没有结构的。"

惯于应酬的先生，便把刚才女佣拿来的冷茶，端在客人的前面，于是立刻就把话题转换到对手的客人身上。

"西山君怎样？身体想必总没有什么罢。"

“嗳！”

妇人很郑重地把两手放在膝上，暂时里把话停顿一下，复又静静地这样说。依旧是以安静流畅的语调说着。

“实在今天是为小儿的事来告扰的。小儿是已经亡故了。生前承先生种种照顾……”

妇人的手也不动，在先生以为她是客气；当这时，先生正把红茶的茶碗拿到嘴边了。因为先生想与其一味力劝她吃，还不如自己先吃给她看的好。不过茶碗还没有触着柔软的口髭的当儿，妇人的言语，却惊动了先生的耳朵。吃了茶呢，还是不吃茶呢——这一种思虑，完全离开了青年的死，在一瞬间内，烦扰了先生的心。然而却也不能把拿起的茶碗，始终停住在嘴边的。因此，先生便决然地吃了半茶碗，稍微皱了一皱眉，仿佛噎也似的，说了一声“阿呀！”

“在病院里的时候，他也时常谈到先生的恩谊，虽明知先生是很忙的，但也得来通知一声，谢谢先生的厚意。……”

“不敢，不敢，哪儿的话！”

先生把茶碗放下，便拿起画有青蜡的团扇，怃然地复又这样地说了。

“毕竟亡故了么！却正在这样有望的青年的时候，……我也好久没有到病院去探问，想来总以为渐有起色了。——究在哪一天逝世的？”

“昨天，恰巧是头七的日子。”

“在病院里么?”

“是的。”

“唉！实在是意外的事。”

“说来，真是可以尽力的地方，都已经尽力过了。除了看破一点，抛开了不想而外，也没有别的法子。但是虽然如此，直到了现在一想到什么事总要说出后悔的话来，真也是不行的。”

正交谈着这样的对话的当儿，先生却发觉了意外的事实。那就是这妇人的态度和举止等，总没有一点像说着她自己儿子的死的样子。眼里没有包着眼泪，声音也和平常一样；而且嘴边竟还露着微笑呢！假如这样地没有听见她的话，专看着外貌的时候，想必无论什么人，都一定以为这妇人正谈着平常茶饭事呢！——这在先生，真是不可思议了。——那是从前先生在柏林留学时候的事。那时正值现今德皇的父亲威廉一世崩御了。先生在咖啡店里听到了这讣音，当时原也受了一点感触；但一息儿便恢复了原状，露出精神充足的面孔，把手杖夹在胁间，归到寓所里来了。寓所里的二个小孩子一开开门，便双方抱着先生的头，哇哇地大哭起来。一个是穿着茶色的短衣的十二岁的女孩，另一个是着了紫色裤的九岁的男孩。爱好小孩的先生，也不明白是为的什么，便只得抚摩二人的光泽的发，频频地说着“怎么了！怎么了!”慰安了他们；然而小孩们却总是哭个不休。后来唏嘘唏嘘地啜泣着，说着这样的话！

“老爷爷陛下说是已过世了。”

先生觉得一国元首的死，竟连小孩子都这样地悲伤，真有些不可思议了。这非特先生想起皇室与人民的关系的问题，而且自到西洋以来屡次动先生视听的西洋人的冲动的感情的表白，现在更使得这一位是日本人又是武士道信者的先生，大吃惊了。那时的怪讶和同情合而为一似的心情，虽然想忘怀，但却总忘记不了。先生现在也觉得不可思议，论程度正恰恰和那日相似，不过此次却反以妇人的不哭泣，为不可思议了。

然而第一个发现之后，不久第二个发现便继续来了。

那时正当主客的话题从亡故的青年的追怀，到了日常生活的琐事，复又想回转到原来追怀的时候。不晓得怎样一来，朝鲜团扇从先生手上滑了出去，啪的一声掉在地板上了。当时的会话不消说，并不是不容片刻间的急迫。所以先生便从椅子上把上半身靠前一点，弯下身去，伸手到地板上了。团扇在小桌子的下面——正落在那藏在拖鞋里面的妇人的白袜子的旁边。

那时先生的眼里，偶然瞥见妇人的膝。拿着手巾的手，正搁在膝的上面。不必说，单单是这一点，也算不得发见，或是什么。然而同时先生却感到了妇人的手正在那里很激烈地震颤着。且又感到了一面虽在震颤着，一面也许为了勉强抑制感情的激动的缘故，膝上的手巾，用着两手要把它裂开似的，紧紧地握着。最后复又感到了那皱着的手巾在纤纤的手指之间，仿佛被微风吹动着似的，刺绣的边缘，正在动着。——妇人在脸上虽露着笑容，实际从先刻起，全身哭泣着呢！

拾了团扇，抬起头时，在先生面孔里有了一种以前没有过的表情。看到了不应看的东西的一种敬虔的心情，和从这样心情的意识而来的某种满足，多少带点演戏的气味，成了夸张似的很复杂的表情。

“呀！你的心痛，就像我这样没有小孩子的人，也是很能明白的。”

先生仿佛看到令人晕眩似的东西一样，稍稍夸张地把头折转过去，用低的，充满感情的声调，这样地说了。

“谢谢你！总之，现在不管怎样地说，真也是要不来的事。……”

妇人稍稍低下了头。在那高兴的面孔上，依然浮露出充分的微笑。

过了二小时之后，先生洗了澡，用了晚饭，吃过了食后的樱桃，复又快乐地坐在走廊的藤椅子上了。

长夏的黄昏，无论到什么时候，却总还露着薄暮微明；开着玻璃窗的走廊，一时里倒也似乎不容易入暮。先生在微光中，把左膝放在右膝上，头靠在藤椅子背，一直就茫然地眺视着岐阜提灯的赤的壳子。那一本 Strindberg 的书，虽是依然拿在手里，但仿佛一页都还没有读似的。那实在也是当然的。先生的头脑中已是被西山驾子底人的英勇的行为，充满着了。

先生吃饭的当儿，便把这事的全部，自始至终，和夫人谈了。而且很赞赏着以为那是日本的女武士道，爱日本和日本人的这位夫人，听到了这话，当然没有不同情的。先生得着夫人做他的热心的听者，很感到了满足。夫人和先前的妇人以及岐阜提灯——现在这三个，有了某种伦理的背景，浮现到先生的意识里来了。

先生究竟有怎样长的时候，沉浸在这样幸福的回想里，却也不大清楚。不过其间先生忽然记起某杂志托他撰稿的事了。这杂志用了“致现代青年书”的题目，向四方的大家，征求着关于一般道德上的意见。他想把今日的事件做材料，赶快把所感写书来寄去的——这样地想着，先生微微搔了一搔头。

一搔的手，就是那拿着书的手。先生却看见了直到现在闲却了的书，便把以前放有名片做记号的那正读着的一页翻开看了。那时恰巧女佣跑来，点着了头上的岐阜提灯，因此虽然细小的活版字倒也不怎样难认读。先生原来也没有什么特别要读的意思，却漫然地把眼睛注在书上了。

Strindberg 说：“我当年轻的时候人家和我说过海培儿克夫人（大约是从巴黎出身的吧）的手巾的事。那是说：面上出微露笑，手却把手巾裂而为二的二重演技。我们现在把这演技，定名叫作泉味。”

先生把书放在膝上了。因为是翻开着的放在那里，西山笃子的名片仍旧搁在正中。然而在先生心头的，却已不是那妇人了。而且那也不是先生的夫人，更不是日本的文明。那是要想破坏此后的平稳的调和的不知分寸的某物。Strindberg 所指点的演出法，和实际道德上的问题，不消说是不同的；然而从现在读过的地方，所受的暗示之中，却有扰乱先生洗澡后的畅适悠然的心境的某物在。武士道而且和那型！……

先生颇有些不快的样子，摇了二三次头，复又把眼睛朝上，开始去凝然地眺视那画有秋草的岐阜提灯的明亮的灯笼了。

（方光焘 译）

附录一

中国游记

第一瞥

刚走出船埠，不知有几十个车夫，就突然把我们围住。所谓我们，是同社的村田君、友住君，国际通信社的约翰斯和我四人，车夫二字给与日本人的印象，原不是龌龊的。那气象的良好，倒反足使人见了起江户儿[1]的抱负。可是，中国的车夫，即使说他就是龌龊自身，也决不是夸张。并且望去全是可怪的人相。

这许多车夫从前后左右一齐伸了各种各样的头大声地狂喊着什么，在初上岸来的日本妇人们，似乎要觉到不少的害怕。就是我，当被他们中的一个拉住外套的袖子时，也竟弄到要退却躲避到那长身的约翰斯君背后去了。

[1] 即日本男儿。——译者注

上海城内

……打那巷子转弯，就见曾闻其名的湖心亭。名叫湖心亭，似乎是好地方，其实只是极破坏荒废的茶馆。亭外的池中，浮着绿色的垢浊，几乎看不见水的颜色。池的周围，用石叠着奇怪的栏杆，我们刚走近这里，有一个着了浅葱色布服，拖着长辫子的长长的中国人悠然在池中小便。什么陈树藩将竖叛旗，什么白话诗的流行快已过时，什么日英同盟正在续缔，诸如此类的事情，在那人一定是全不成问题的。至少，在那人的态度及脸色上，有着可叫人作如此推想的长闲。阴昙的天色中，矗立在近旁的中国风的亭子，湛着病的绿色的池，向这池斜注着隆隆的一条的小便——这不只是一幅可爱的忧郁的风景画，同时又是我们这老大国的辛辣可怕的象征。我把这中国人的样子注视了好一会……

再走些过去，坐着一个盲目的老乞丐——原来，乞丐是浪漫的。浪漫主义是什么？原是议论很麻烦的问题。可是至少其中的一个特色，似乎总是憧憬着某种不可知的东西，如什么中世纪咧，幽灵咧，梦咧，女人的秘义咧之类的东西的。依这说来，乞丐比银行员来得浪漫的，是当然的事了。至于中国的乞丐，那更不是寻常普通的所谓不可知。有的困在雨打的路上，有的披着破新闻纸，有的嗒嗒地舐着那腐烂得像石榴似的膝头——要之，浪漫得几乎可使人为之恐缩。读中国小说的时候，名士或神仙扮作乞丐的故事很多，那就是从中国的乞丐自然发达的浪漫主义了。日本的乞丐没有中国乞丐那样的超自然性与不净性，所以也没有中国那样的故事。……这盲目的老乞丐的样子，俨然好似赤脚仙人或铁拐李的化身。前面阶石上还用粉笔写叙着他悲惨的生平，字也似乎比我的好些，我想，必定另外有人替这样的乞丐作代书的。

通过了骨董街，到了一所大庙宇。这是在明信片上也曾见到过的城隍庙。庙内有许多参拜者拥挤地叩着头，上香的，烧纸钱的，其多至于在我想象之上。大约烟薰得太重了的缘故罢，梁上的匾额以及柱上的对联，都奇怪地带着油煤，或者庙中不染油煤的只是上面错落吊着的金色及银色的纸钱与那螺旋状的盘香，也未可知。只这一点，已和方才的乞丐一样，尽足令我想起以前曾读过的中国小说。至于看到左右排着的判官似的神像以及正面端坐着的城隍像，觉得和在什么《聊斋志异》《新齐谐》等书插图中所见过的完全无二。……在富于鬼狐之谈的中国小说里，自城隍起以至手下的判官鬼隶，都不甚空闲。怎么城隍替在庑下过夜的书生开了好运，怎么判官把村中著名的窃贼吓死——这样说来，似乎都是好事，但也有只要用狗肉供他，就连恶人也肯帮助的贼城隍，所以因糟蹋了人妻的缘故，被折了手或斩了头，把耻辱曝露的判官或鬼隶也颇不少。

以前在书中读到这些时，似乎总有些不能承认，……现在亲眼看见了城隍庙，觉得中国小说虽出于荒唐无稽，但其想象的因缘，一一可以点了头叫“原来如此”的。像那赤面的判官，难保他不作恶少的行径，像那美髯的城隍，也似乎会带了这全体侍卫，在夜空中升腾的。

……到庙前去游各种摊肆。鞋袜、玩具、甘蔗、贝扣、手巾、花生——此外还有许多不干不净的食物。人们的聚集，和日本的“缘日”相似。那面走着穿漂亮的洋服缀着紫水晶的领结定针的中国的时髦人，这面走着戴着银项圈的小脚三寸的旧式妇人。金瓶梅中的陈敬济，品花宝鉴中的奚十一——在这许多的人里面，这类的豪杰似乎也有着，但是什么杜甫，什么岳飞，什么王阳明，什么诸葛亮，却似乎一个都找不出。换句话说，现在的所谓中国，已不是从前诗文中的中国，是在猥亵残酷贪欲的小说中所现着的中国了。那醉心于什么窑器的小亭，睡莲，以及刺绣花鸟的浅薄的欺诈的东方主义，在西洋也早已驱除净尽，日本也该把那除了文章轨范、唐诗选之外不复知有中国的汉学趣味，随便消灭了好。

戏台

在上海看戏的机会，只有二三次。……我所去过的剧场，一个是天蟾舞台。那是白色油漆的三层楼建筑，二楼与三楼，都是半圆形，周围用着黄铜栏杆，这大概是模仿时髦的西洋式的。从屋顶的天花板上煌煌地垂下三盏大电灯，下面在满排着藤椅坐位。其实，只要在中国，藤椅子也不能不当心的，有一次，我和村田君坐在这藤椅子上，就被一向闻名过的臭虫在手上颈上咬了好几处。不过，若就剧场布置而论，大体上可以说是清爽，不致见了不快的了。

舞台的两旁，规规矩矩地各挂着一个大时钟（其实一个是停着的）钟下排着浓重色彩的香烟广告。台上楣间，在堆灰的蔷薇与亚坎塞斯（acanthus）的图案中，有四个大字，叫作“天声人语”。舞台或许比我国的有乐座的稍宽，也已用着西洋式的脚灯（foot light）的装置。幕是——咿呀，这幕并不是作一场一场的区别用的。全是为了更换背景，有时作了背景自体，还有把什么“苏州银行”呀“三炮台香烟”等广告幕来拉闭的事。——似乎从中央分向左右拉的。这幕不扯开时，后面就预备着背景。背景总算是用着油画风的屋外屋内的景色，有新式的，也有旧式的。因为每种不过二三种，所以无论姜维走马，或是武松杀人，背景总是一样。舞台的左边，列着携胡琴月琴铜锣等中国乐师，其中常有几个是戴着打鸟帽的。

剧场坐位的等次，不论坐一等或是二等，只要自由进去就好。因为在中国的惯例，是先坐下了才付钱的，这似乎比较轻便。席既坐定，就有人来送热手巾、戏单、茶来。此外如有送西瓜子或水果来，只要说“不要，不要”就好。热手巾，自从看到邻座风貌堂堂的中国人把它大揩特揩地揩了面孔又兴出鼻涕来以后，也就暂时改为“不要”了。

中国戏剧的第一种特色，是乐器的嘈杂在想象以上。尤其武剧——有战争的戏剧，那是：几个壮汉，好像真正战斗着的样子，把眼钉视着舞台的一角，一面背后拼命地敲着铜锣。到底不是“天声人语”。我在起初未曾听惯，除了用两手把耳掩住，总是坐不牢的。……可是有一点，在中国的剧场中，客席中无论谈笑，无论小儿号叫，也不觉得特别的不快。这是确很便利的地方。或者正是要使观客虽不静，于听戏上也无障害，所以用这样的锣鼓的，也未可知。我在每一幕中，曾麻烦地向村田君问剧的梗概，戏子的姓名和唱句的意思等等，而坐在左右前后的君子们，并不曾一露厌憎的颜色哩。

中国戏剧的第二种特色，是极端地不用器具。虽有背景，但不过是新近的发明。中国，戏剧原有的器具，唯有桌子与椅子而已。山岳、海洋、宫殿、道路——无论表示如何的光景，除把这些配置外，永不见过有过一支直立的树木。只要戏子用力装那除去门闩的手势，观客就不得不作空间有门的想象。戏子意气扬扬地把那有流苏的鞭子一振，就要想象到戏子跨下嘶着桀骜的紫骝。日本人因为在自国惯见了所谓“能”[1]的东西，所以容易能够把这理解。只要把桌椅积叠了，说这是山，

[1] 日本的古剧之一种。——译者注

也会毫不抗拒地承认。只要戏子把片足一提，说是在跨门槛，也会作依样的想象。不但这样，并且有时于这离了写实主义的约束之世界中，反会感到意外的美感。说到这里，我就记起小翠花的《梅龙镇》来。他扮了旅店之女，每逢跨门槛时，必在那褐色裤下勾起那小脚来，把鞋底给人看。像那小鞋底这类的东西，如果无架空的门槛，恐怕不会令人见了起那样可怜的心情罢。这不用器具的一层，因了上面的理由，毫不足使我受困。我所不快者，倒在什么盘呀碗呀烛盘等类的普通小器具的胡乱使用。方才所说过《梅龙镇》就是一例。据戏考，这戏的内容，并非当世的偶发事项，乃是明武宗微行，至梅龙镇见旅店女凤姐而悦之的故事。可是扮凤姐的所携的盘，却描着蔷薇而且有漂亮的金边。这类的品物，应陈列于近来的百货店的东西。

中国戏剧的第三种特色，是打脸花样的繁多。据过听花翁说，曹操一人的脸，可有六十几种的打法。……脸的打得已甚的，有赤，有蓝，有赭，都把皮肤完全遮蔽着，一见全看不出这是化装。我在关于武松的剧中，当那蒋门神偷偷地出来的时候，虽听了村田君的说明，总以为只是假面。如果见了那种花脸，而能看出他不是带假面的，那么这人必已有几分是千里眼了。

中国戏剧的第四种特色，是颠扑的猛烈。特别地是扮下手的戏子的活动，与其说是戏子，不如称为卖武术的。他们有时从舞台的一隅，翻筋斗到对隅，或从中央叠积着的桌子上倒跌下来。大概是半裸了体着红裤的，所以看去尤像戏法师或走索者的伙伴了。

以上是旧剧的特色。至于新剧，既不打脸，也不翻筋斗了。那么真是彻底地新了吗？也不。如亦舞台所演的卖身投靠，也要观客见了那不点火的蜡烛，作点着火的想象——老实说，旧剧的象征主义，依然在舞台残存着。在上海以外，也曾观过两三次的新剧，总觉得对于旧剧，只是五十步与百步的差别。至少像雨、雷电、昏夜等的光景，都要完全依赖观客自己的想象的。

最后关于戏子的事，所要想记的，是在台房里的绿牡丹。我得去访他，是在亦舞台的台房。与其说是台房，不如说就是舞台的后背，或者较为适切。就在舞台背后，墙壁碎破，且有大蒜臭气，那真是惨淡的处所。据村田君说，梅兰芳初到日本，最惊异的就是台房的华丽。如果和这台房相比，那么，帝国剧场的台房，真可算得了不得的华丽了。并且，中国的舞台背后，还有许多龌龊的戏子们打了脸彷徨行动，这在电光和纷纷飞着的灰尘中看去，真是一幅百鬼夜行的图画。在这些群鬼的行动的通路旁，乱放着箱子等类的东西，绿牡丹坐在箱子上，假髻是脱了的，扮着苏三正在吃茶，舞台上看去原是瘦面，接近了看时，却并不纤瘦，倒是一个肉感很盛的完全发育了的青年。身材比了我，也确要高些。和我同往的村田君，把我介绍了以后，就和那伶俐的旦角互叙阔别的交谊。据说，村田君是从绿牡丹尚为徒弟的时候，就是热心捧场的一人，几乎非他不能过日了的。我对他表示了“玉堂春很好”的意思，他也竟用了“阿里额托”的日本语来答我。既而——既而他做什么呢？我为了他自己，为了村田君，都不愿把这样的事向人公开，可是，如果不把这记载，那么我的介绍，就要失真，这是对于读者很抱歉的。所以只好用了直笔说——他就横过头去，翻了那红底平金的绣衣的袖子，把鼻涕兴了掠在地板上。

章炳麟氏

章炳麟氏的书斋里，不知因了什么趣味，有一个剥制的大鳄鱼爬着也似的悬在壁上。那满了书籍的书斋，冷得真是所谓彻骨，四围都是砖壁，既无毡毯也无火炉。坐的不用说是那没有垫褥的四方的紫檀椅子。并且那时我所着的还是薄的哔叽的洋服。坐在那样的书斋里而不受感冒，至今想起，还以为是奇迹呢。

章太炎先生于鼠色的长袍上面穿着厚毛的黑色马褂，当然不冷，并且他所坐的是铺了皮褥的藤椅子。我因了他的雄辩，连烟也忘记抽了，一面对于他那温暖地悠然伸了足的样子，又觉得健羡不置。

据风闻，章炳麟氏曾以王者之师自任，曾选黎元洪为弟子。实际上，他书案旁壁间，在那剥制的大鳄鱼下就挂着“东南朴学，章太炎先生，元洪”的横幅。可是，不客气地说，他的相貌，实不漂亮，皮肤差不多是黄色的，须髯稀少得可怜，那突兀峥嵘的额，看去几乎像生了瘤。只有那丝一般的细眼——在上品的无边眼镜背后，常是冷然微笑着的那细眼，确有些与众不同。为了这眼，袁世凯要把先生拘在囹圄里，同时又为了这眼，袁世凯虽曾把先生监禁，却终于未能加以杀害。

章氏的话题，彻头彻尾，是以现代中国为中心的政治及社会的问题。我是除了“不要”“等一等”等类向车夫说的熟语以外，什么中国语都听不懂的，替我尽通译之劳的是《上海周报》主笔西本省三君。

“现代的中国，不幸在政治上已经堕落。不正的公行，或比清末还要更甚。至于学问艺术方面，尤为沉滞。但中国的国民，向不趋极端的，既有了这特性，所以要使中国赤化殊不可能。不用说，一部分学生正欢迎着劳农主义，可是学生并非即是国民，他们虽一时赤化，不久就会抛弃其主张罢。因为国民性——爱中庸的国民性，究比一时的感情要强。”

章炳麟氏振动着那长爪甲的手，滔滔地发他独特的议论，我只是寒冷。

“那么，要复兴中国，应采什么手段呢？这问题的解决法，具体的虽不能说，但断不能凭几上的学说产生。识时务者为俊杰，古人早已道破。不从一种主张演绎，从无数的事实加以归纳——这叫做识时务。知了时务以后，再定计划，——所谓因时制宜者，结果无非此意而已。……”

我倾着耳时时去看那挂在壁上的鳄鱼。终于与中国问题没交涉地想起这样的事来——那鳄鱼是必曾知道睡莲的香味，太阳光和暖水的。这样说来，我现在的寒冷，要算那鳄鱼最能知道的了。鳄鱼啊剥制了的你，是幸福的。请悯怜我，悯怜这样活着的我！

郑孝胥氏

据传闻，郑孝胥氏是悠然甘着清贫的。某一个阴天上午，和村田君波多君同坐了自动车到他们前，他的所谓清贫的住所，其上品远超出我所想象，是褐色油漆的三层楼建筑。庭中微黄的丛竹前，满放着绣球花。如果是这样的清贫，无论在什么时候，我也愿处。

五分钟以后，我们三人被引导入应接室，那里除画幅外差不多没有别的装饰，壁炉槛左右一对的花瓶中，插着小小的黄龙旗。郑苏戡先生不是中华民国的政治家，是大清帝国的遗臣。我看了这旗，记起某人批评过氏的“与他人之退而不隐者殆不可同日论”的一句来。

郑孝胥氏不久就在我们面前现出那高长的身材来。氏血色很好，一见不像老人，眼睛也青年似的炯炯有光。……穿着黑色的马褂，蓝灰色的袍子，风采之好，真不愧为当年才子。在清闲中尚有这样泼辣的态度，那么当那以康有为为中心的戏剧也似的戊戌政变中，做重要演员的时候，其才气的奋发，自可想象而知的了。

宾主谈了一会中国问题，我也像煞有介事地议论了许多海阔天空的题目，如新借款团成立以后日本对中国的舆论之类。——这样说起来，似乎有些欠诚实，可是在那时却并不是随口妄谈，自以为诚实地抒述自己的所见的。不过在现在想来，似乎当时自己确曾有些神志异常了。不用说，这神志异常的原因，除了我自己浅薄的根性以外，现代中国，确要代负一半的责任。如果有人不信这话，那么只要叫他一到中国就好。到了中国，不到一月，包你就想谈政治的。这必定是现代中国的空气中孕着二十年来的政治问题的缘故。像我，虽经迂缓地巡游了江南，这热狂还不易灭除。也不曾受过任何人的委托，却只是系念着那比艺术下劣数等的政治上的事。

郑孝胥氏在政治上对于现代中国已绝望着。以为中国要决行共和，就难免永久混乱。可是即使要行王政，也只有待英雄出现，把当面的难局解决了才能够。这英雄，在现代，又非能处置利害错综的国际关系的不可。如此看来，所谓待英雄出现，实就是待奇迹出现了。

在这样的谈话中，我才取出纸烟衔在口里，郑氏就立起身来燃了火柴替我来点，我大惶恐，同时觉得对待客人之道，如果和邻国的君子相较，日本人似乎要算最拙劣的了。

领受过了红茶，氏引导我们到屋后的庭园去。整齐的草地，四周植着氏从日本取来的樱花和白皮松。一隅还有一座同样褐色油漆的三层楼，说是新近才建，归其令子居住的。我踱着草地，仰视着竹林上云缝里的青空，一边重又私忖；如果这样，我也愿清贫。

正写这稿时，裱画店恰把画轴送到。这轴就是我第二次往访时氏所写赠我的七言绝句。"梦里何如史事强，吴兴题识逊元章，延平剑合夸神异，合浦珠还好秘藏"——见了这样墨痕飞舞的文字，令人不能忘怀于与氏相对的顷刻，原来我在某顷刻间，不但与前朝遗臣的名士相对，又实已亲接了中国近代诗宗《海藏楼诗集》著者的謦咳了。

南国的美人

在上海见过许多美人。不知是何因缘，地点都在小有天。这小有天是近年物故的清道人李瑞清所照顾的酒馆，壁间现还有着"道道非常道，天天小有天"的滑稽联语，那么当时的照顾，必是很出力的了。并且，听说这有名的文人，有着了不得的胃量，一顿能吃尽七十只的螃蟹哩。

上海的菜馆，大概都不十分令人快意的，室与室的分界，就是小有天，也用着无风流的板壁。至于桌上的器物，即在以漂亮出名的一品香也和日本的洋食店不差什么。此外如雅叙园、杏花楼乃至兴华川菜馆。对于味觉以外的感觉，与其说是满足，倒不如说是受打击。有一次，波多君请我到雅叙园吃饭，问堂倌以便所所在，说就溺在洗物场的旁边。实际上已有一个满身油腻的厨夫，在那里替我示着先例。我这次真吃惊不小。

菜倒是比在日本的好。如果假充了内行人说，我所到过的上海菜馆，还不及什么瑞记、厚德福等北京的菜馆。可是比之于东京的中国菜，那么小有天已的确是好了。并且价目极廉，只须日本的五分之一。

闲话休提，我的见美人，最多莫过于和神州日报社长余洵氏共席的时候。地点仍在小有天楼上。小有天地处热闹的三马路，栏外车马之声不绝，楼上不用说是充满了谈笑声与和歌的胡琴声的了。我在这喧闹中，啜着有玫瑰的茶，看着余洵氏在局票上挥那健笔，觉得此身不是在菜馆里，烦忙得倒像在邮便局的长椅上坐待着什么似的。

局票在红的洋纸上蜿蜒地印着“叫××速至三马路大舞台东首小有天菜馆×座侍酒勿延”的文字。雅叙园的局票，记得确曾在角上附印着“毋忘国耻”，表示排日的气焰的，小有天的幸而不是这样。余氏在局票中的一张里，写了我的姓名，又写了“梅逢春”三字。

“这就是那个林黛玉，行年已五十有八了。据说，最近二十年间政局的秘密，除了大总统的徐世昌，知道的就是她一个哩。现在替你叫了，请你见识见识。”

我们——余氏、波多君、村田君和我——入席以后，先来的美人叫作爱春。这是一个伶俐的有些像日本女学生的上品的圆面盘的妓女。穿的是白织花浅紫的上衣，青磁色的有花的裤子。发似日本的垂发，发根扎着青丝绳，长长地垂在背后。额上的前刘海，也和日本少女的前发似无两样。此外，胸际还有翡翠的蝶，耳际有金和珠的耳环，臂间有金手表，很觉光耀闪目。

我大敬服了，当在使用那长长的象箸的时候，也不绝地看她。可是，像菜肴的连番上席一样，美人也陆续到来。到底不能一味属目在爱春一人身上。我于是把眼转向那在后来的妓女名叫时鸿的。

时鸿并不比爱春美，却是，面貌带着乡下风，颇有特色。发的装束，除了扎发线用着桃色的以外，全和爱春没有两样。深紫缎地的衣上，镶着银蓝交杂的五分边。据余君说，这妓是江西产，装束不逐时流，犹存着古风的。可是脂粉却比以天然真面自豪的爱春远来得浓艳。我注视着那手表，金刚钻的蝶，大粒珍珠的首饰，以及右手的两嵌宝戒指，很是敬服，觉得就是我们新桥的艺妓中，也难见有这样装饰华丽的人儿。

时鸿以后来的是——这样一一写去，我也不胜其烦了。以下只把其中的二人略加介绍罢。一个叫做洛娥的，正要嫁与贵州省长王文华，王氏忽遭暗杀，至今仍为妓女，是一个很命薄的佳人。黑色花缎的衣服，除了缀着芬芳的白兰花，什么装饰都不加。这不符年龄的素朴装束，加了那冷静的眼波，很与人以凄楚之感。一个还不过是十二三岁的少女，金手镯呀，珍珠的首饰呀，在她身上，令人只觉得是一种玩具。一嘲弄她，就显出世间一般处子特有的羞耻。

这许多美人各依认了局票上客人的姓氏，环侍在我们席旁，而我所叫的娇名曾压一世的林黛玉却还未现形影。未几，一个名叫秦楼的妓女，拿着已燃着的香烟，宛转地歌出叫作汾河湾的西皮调来。妓女唱曲的时候，普通有男子来和着胡琴的。这些拉胡琴的男子不知为了什么，就是在那拉胡琴的时候，总也是煞风景地戴着打鸟帽或中折帽的。秦楼唱毕，时鸿接唱。她却不用胡琴，自己弹着琵琶唱出一种寂寞的歌调。她产自江西，原是浔阳江边的人，枫叶芦花瑟瑟的秋天，江州司马白乐天所为沾襟的琵琶曲，或者也就是这样的音声哩。

林黛玉的梅逢春加入座中，已在鱼翅羹狼籍以后了。她较之我所想象，远是个近于娼妇型的丰肥的女人，面貌在现在看去，也并不觉有什么特别的美，虽施着粉黛，但能令人想象她当年的丽色的只是那细眼中漾着的秋波。可是照她的年龄——说是五十有八，无论如何，总难相信。看去至多是四十岁的人。手的丰嫩宛如小孩，指端肉隆隆地裹着指甲。穿的是镶边的兰花黑缎的衣服。耳环，手镯以及胸前悬着的装饰，都是以金为底，中嵌翡翠或金刚钻的其中像戒指上的金刚钻，竟有雀卵般大。这样的人儿不应见之于这样大街市的酒楼上，应见之罪恶和豪奢错杂的场所。譬如像谷崎润一郎的小说《天鹅绒的梦》中，仿佛会有这样人物。

可是，无论如何年大，林黛玉毕竟是林黛玉。她的才气，即在那谈话的态度上，亦可想见。不但此也，她过了一会，合上胡琴和笛唱出秦腔的曲调，其随声音迸出的力，也确足压倒群妓的。

“如何，林黛玉?”她去了以后，余君问我。

“真是女杰。最可异的是她的不老。”

“据说她在年青时，曾服珍珠粉的。珍珠是不老的药呢。她如果不吸鸦片，应该还可不老一点。”

这时林黛玉的空位上，已坐了一个新来的妓女。那是一白色娇小像小姐似的美人。多宝模样的浅紫色缎的衣服，水晶的耳环，使她越显得可爱。问她名字，答说花宝玉。花宝玉——这三字的声音从她口中发出，宛似鸠叫。我递了一支香烟给她，同时忆起杜少陵“布谷催春种”的诗句来。

“芥川君。”余君一边劝酒，一边呼了我的名似乎难为情地说：“如何，中国的女子?你欢喜吗?”

“无论哪处的女子都欢喜。——中国的女子也漂亮啊。”

“你以为好在哪里?”

“我以为最好的是耳朵。”

真的，我对于中国人的耳朵，很表着敬意。日本女子在这点上到底敌不过中国人。日本人的耳朵太平，而且肉长得太厚。其中有许多全不像耳朵，竟也似不知犯了什么因果，把木菌长在脸上的。细考其故，原来这和深流之鱼的变为盲目，同一理由。日本人的耳朵，一向藏匿在涂油的发后的。而中国女子的耳朵，不但露出在春风中，还丁宁得至于加以宝石的耳环等类的装饰。因此，日本人的耳朵堕落到现在的程度，中国人的耳朵因了自然和人工的关系，就呈如此的美观了。即如眼前花宝玉的耳朵，恰和小贝壳似的长得玲珑可爱。《西厢记》中说莺莺“他钗亸玉横斜，髻偏云乱挽日高犹自不明眸，畅好是懒懒，半晌抬身，几回搔耳，一声长叹。”大概也必定是这样的耳朵了。从前李笠翁曾详细地说述中国女子之美（《偶集》卷之三，《声容部》）而于这耳朵却无一语道及。在这点上，伟大的十种曲的作者，也不得不把发现之功让给芥川龙之介的了。

把耳朵说抒述了以后，我和同伴三人啜了那加糖的粥，同游妓馆。妓馆大概在横弄两侧，余君引导了一边走一边读着门前名灯，既而到了一家，就一直进去。进门就是一间龌龊的房子，见有几个秽浊的男子似乎在那里吃饭。说这是妓女住的所在，如果无人预先说明，无论谁也不会相信。等到上了楼，紧凑的房间中，耀着明晃晃的电灯。排着紫檀的椅子，竖着大大的镜子，这才像个妓馆。青纸裱糊的壁上，悬着好几幅字画镜框。余君和我们吃着茶，说明种种嫖界里规矩。过了一会，方才的花宝玉，从里间露出形影来。我们和二三个妓女磕瓜子，吸香烟，一边作着闲谈。过了一会，我觉得厌倦了，在室中闲步，瞥见隔室中电灯下那可爱的花宝玉正和一个胖娘姨同桌吃着晚饭。桌上只有一只盘子，并且只是一盘青菜。可是花宝玉却似乎吃得很有滋味。我不觉微笑起来。在小有天的花宝玉，也许确是南国的美人，但是，这个花宝玉——咬着菜根的花宝玉，却于任荡儿玩弄的美人以外，还有别种东西。我在这时，才在中国的女子里，感到女性的情味。

沪杭车中

坐在车里，车掌就来检票。车掌穿着橄榄色的洋服，戴着有金线条的黑帽子。比之于日本的车掌，似乎觉得不敏捷些。不用说，这种见解，全由于我们僻见的作祟，我们即使对于车掌的丰采，也容易把我们的定规来量度。约翰·勃尔[1]非故意持重，就以为不是绅士，安克尔·撒姆[2]非有钱，就以为不是绅士，剧伯[3]呢，——至少在作纪行上，如果不落旅愁之泪，不流连于风景，不费尽游子的滥词，就以为不是绅士。

[1] John Bull，英国人的绰号。——译者注
[2] Uncle Sam，美国人的绰号。——译者注
[3] Jap，日本人的绰号。——译者注

我们无论在何时候，总不可被这样的僻见所缚。我当这悠悠的车掌在检票的当儿，就发表了这样的僻见论。自然，这气焰不是向中国的车掌吐放，乃是说给引导我的村田君听的。……

车过嘉兴，偶然去看窗外，见临水的家屋丛中，高高地架着石桥。两岸白壁映在水下，很是清澈。南画里所常有的船二三艘在水边系着。我隔了发了芽的柳枝望那景色时，才真的感到中国的情味。

桥一过，就在桑田的那面，见满是广告的城壁。古色苍然的城壁上，涂抹鲜彩的油漆广告，这时现代中国的流行。无敌牌牙粉，双孩牌香烟——这样的广告，沿路的车站附近，几乎无处不见。中国究竟从那一国学到这样的广告术的？解答这疑问的，就是眼前到处立着的什么狮子牙粉什么仁丹等俗恶绝顶的广告。日本即在这点上，似乎实也算尽了邻邦之谊的了。

车窗外仍是菜田桑田和草原。有时于松柏间看见古墓。

“喂，有墓呢！”

村田君似乎不甚稀罕：

“我们在同文书院时，常从那种的破墓里偷取骷髅哩。”

“偷取了做什么？”

“只是做玩意儿。”

我们一边啜茶，一边谈着野蛮的风俗，如人脑髓焙了灰可医肺病，人肉的味道和羊肉相似之类。不知不觉间，夕阳已红红地射在窗外油菜田上了。

西湖

画舫穿过锦带桥，向右就是孤山，据说十景之一的平湖秋月，就在这一带。可是时间在晚春的午前，有什么法儿呢。孤山下有不知何处富家的大厦，大而且俗恶的门墙连续蜿蜒着。过了这里，却是优雅的三层楼建筑，临水的门既好，左右的石狮也好看。据说是乾隆帝的行宫旧址，有名的文澜阁就在这里面。阁中说是藏有四库全书一部，并且庭园尤美，因登岸想去一观，终于因为是外人故概被拒绝。不得已随堤行至广化寺，又到俞楼。

俞楼是俞曲园的别庄。规模虽小，却不讨厌。有伴坡亭，说是因了东坡的古址建造的，亭后丛篁中，漾着一多水藻的古池，颇足引起闲寂之趣。从池侧上登到所谓曲曲廊的尽处，有一嵌在壁中的石刻，说是彭玉麟为曲园作的梅花图。室中正面悬着长髯的曲园肖像，我一边啜着住役送来的茶，一边熟视曲园的相貌。据章炳麟的俞先生传说“雅性不好声色，既丧母妻，终身不肴食”或者有些相像，“杂流亦时时至门下，此其所短也”——这样说来，那么也难免有点俗气。或者曲园叨了这俗气的福，才会有造这样别庄给他住的弟子辈，也未可知。试看，一点俗气不带的玲珑如玉的我们，不但没有别庄，并且靠了卖文活着哩。——我把有玫瑰花的茶碗摆在面前，茫然地用手托着腮，不觉对于荫甫先生加以轻蔑起来。

次游苏小小墓，苏小小为钱塘名妓，墓向有名。可是现在看来，这唐代美人之墓，只是个上加亭子用油漆涂粉的土馒头。不是诗的，也不是什么。并且，因为西泠桥正在修筑，墓旁荒乱得愈形寂寞。少时爱读的孙子潇的诗里有“段家桥外易斜曛，芳草凄迷绿似裙。吊罢岳王来吊汝，胜他多少达官坟”这样的一首，现在无论何处，找不到似裙的草色。只是翻掘过的土块上照着痛眼的白日。加以，西泠桥畔还有几个中学生在唱着甚样排日的歌。我匆匆地和村田君一观了秋瑾女史的墓，就回下画舫去。

“岳庙是好的，很富于古色呢。”

村田君用了昔游的记忆，似乎在安慰我。实在，我对于西湖，已不觉抱了反感了。以为：西湖并没有如所想象的美，至少现在的西湖，并不是“未能抛去”的东西。水既浅，并且西湖的自然，也和嘉庆道光时的诸诗人一样太富于纤细之感。在大自然中厌倦了的中国的文人墨客，或者欢喜这里也未可知，我们日本人是向在纤细的自然中惯了的，所以一时虽觉是美，不久就厌憎了。如果只是如上所说，西湖还不失为怯，于春寒的中国美人，无如这中国美人已因了湖畔随处恶俗绝顶的赤灰二色的砖砌建筑受了垂死的病根了。不，岂但西湖，这二色的砖砌建筑，竟像大大的臭虫一样蔓延于江南一带的一切古迹名胜，把风景如数破坏着。我方在在秋瑾女史墓前见到那砖砌的门时，不特为西湖不平，并且为女史的灵魂不平。把这当作和“秋雨秋风愁杀人”的诗共殉革命的鉴湖秋女侠的墓门，总觉得有些对她不起。这样的西湖的俗化，似将无所底止，再过十年，也许要变成这样光景——湖畔并峙的洋房中，每轩有Yankee（美国人）醉酵着，每轩门前有Yankee在露天小便（在新新旅馆中曾见有这样的Yankee）。从前读苏峰先生的《支那漫游记》时，记得曾有我如果得以杭州领事了此余生，实为大幸的话。可是，在我，不但领事，就是被任命为浙江督军，与其守此泥池，宁愿住在日本的东京的。

在我攻击西湖的当儿，画舫已过跨虹桥，向着也是西湖十景之一的曲院风荷进行。这却不见有砖砌建筑，围绕白壁的杨柳丛中还有开剩的桃花。左边堤上木荫间苔藓斑烂的玉带桥隐隐地映在水下。颇似南田画境。我于船驶近时，就把我的西湖论加以增补，冀防村田君的误解：

“虽说西湖可厌，也不是全部可厌啊。”

画舫过了曲院风荷，就在岳王庙前停止。我们下了船往拜在《西湖佳话》中所素悉的岳将军之灵。那里知道，庙已十分之八重建，油漆辉煌，全体在泥土沙石堆里暴露着改修中的丑象。不用说，曾使村田君快意的古趣，无一存在的了。村田君才取出了照相机，就惊讶地止了步：

“不好了。到了这地步，已是不成样了。——还是到坟墓那里去罢。”

墓也和苏小小的一样，是油漆过的土馒头。不过究竟因为是名将，比苏家丽人的要大得多。墓前立着苔痕斑烂的墓碑，大书宋鄂王之墓。墓后竹木荒蔓，这在不是岳飞子孙的我们，只觉得诗趣，并不感到悲意。我徘徊墓旁，不觉满了怀古之情。

墓前铁栅中，有秦桧、张俊等的铁像。像的样子似乎是背缚着的。据说游人因憎彼等奸恶，多把小便浇撒其上而去。现在幸而各像不曾潮湿，只有像旁土上停着许多青蝇，给远来的我们以不洁的暗示而已。

古来恶人虽多，可恶如秦桧的不多。上海街上所卖的像棒似的油炸面条，名曰“油炸块”。据宗方山太郎氏说，这本名“油炸桧”，意思是把秦桧来油炸。原来，民众这东西，只能理解单纯的事情。就是在中国，什么关羽，什么岳飞，凡是众望集注的英雄，都是单纯的人物即或不是单纯的人物，定是容易单纯化的人物。如果不具有这特色，那么就是不世出的英雄，也不能聚集众望于一身。譬如井伊直弼的铜像要死后数十年才成，而乃木大将的变为神，却不须一星期之类，都是为此。所以，做仇敌时，如做这样英雄的仇敌，也就最足受人厌憎。秦桧不知犯了何种因果，巧巧落在这陷阱里。结果，你看，到了民国十年（1921 年）还受着残酷的报偿。我在新年《改造》杂志上作了一篇《将军》的小说。幸而生在日本，不被油炸，不用说，也没曾被小便浇淋，只于若干部分被抹去以外，杂志记者受了当局的二次烦言而已。

在梅的绿叶中看了放鹤亭，再上了筑在旁边的林逋的巢居阁，又走到后面去看照例大大的土馒头“宋林处士墓”。林逋自是高人，但想必不至像日本小说家的贫乏。据林逋七世孙洪所著的山家清事；洪的隐遁生活是“舍三：寝一，读书一，治药一，后舍二：一备酒谷列农具，一安仆役，庖厨称是。童一，婢一，园丁二，犬十二足，驴四蹄，牛四角”。如果和靖先生也曾如此，那么较之住五十元月租的房屋的，不能不说是丰裕得多了。倘若有人替我在箱根近旁建造正屋一间，贮藏室一间，书斋，寝室，女仆室等应有尽有，再许雇用书生一人，女仆一人，男仆二人，那么林处士的榜样，也不难学。叫鹤在水边梅林作舞，只要鹤答应，也没有什么不可。并且我即使如此，那“犬十二足，驴四蹄，牛四角”，没有用处，完全给了你，请你随梗什么都可以！——当我游毕了放鹤亭上船去时，就发表了这议论。

苏州

……看了北寺的塔，往游玄妙观。观前空场中摊肆的多，不亚于上海城隍庙。馄饨、馒头、甘蔗、地栗——在这许多食物摊外，还有玩具摊，杂货摊等。游人不用说也很多。所与上海不同者，在这样的熙来攘往的人群中，差不多见不到有着洋服的。不但此也，也许是地方太空旷的缘故罢，似乎总不像上海的来得热闹。漂亮的袜子无论怎样地摊着，有葱韭气的热气无论怎样地腾着，——不，即使有许多年青女子把头梳得光光地，着了桃色或紫色的衣服，故意把屁股摇动了走着，也总觉得有些鄙俗与寂寞。从前，配尔·陆蒂[1]游浅草观音殿时，必定也曾感到过同样的心情的罢，我想。

从群集中走去，当面有一个大大的庙。庙虽大，可是柱上的红漆已经剥蚀，白壁也已满了尘污，并且香客不多见，更使人觉到荒废之感。庙内一边满挂着粗恶的画轴，有石印的，有木版的，也有笔绘的，满眼但见恶劣的色彩。这书画并不是供物，都是新的卖品。卖画的呢，坐在昏黑的壁角里，是一个矮小的老头。除了这些画幅之外，香花不必说，佛像也没有见。

从庙后穿出，在一大堆的人群里，有两个赤了膊的人用了双刀和枪在比试。大概锋是没有的罢，那有红流苏的枪和曲了上端略作钩形的刀，闪闪地反射着日光，迸出火花的光景，颇有可观。当那有辫子的大汉被对手打落了枪的时候，间不容发地躲避着刀锋，把对手用脚蹴去，对手就握着双刀向后一个斤斗。四围的观众发出一阵哄笑来。像病大虫薛永，打虎将李忠一类的豪杰，也许有在这里面罢。我从庙的阶石上眺望他们的

[1] Pier Rotl，法国的文学者，曾居留日本多年。——译者注

跌扑，心里充满了《水浒传》的气氛。

《水浒传》的——只说了这几字，或者意味不易明了，也未可知。《水浒传》的小说，日本从马琴的《八犬传》以来，已有神稻《水浒传》《本朝水浒传》等种种的仿作。可是，《水浒传》的气氛，都未曾传写出。所谓"《水浒传》"是什么？是某种中国思想的显现。天罡地煞，一百八人的豪杰，并不是像马琴等所想象的忠臣义士，从数目上看来，倒是无赖汉的结社。却是，他们的纠合，并不是一定爱恶。记得武松确有过这样的话：豪杰之士所爱的是杀人放火。这话严密地说，就是爱杀人放火的才是豪杰。——不，再说得明白些，就是：既然做了豪杰之士，区区的杀人放火，算不来什么一回事了。他们心里，毕竟都流着目无善恶的豪杰意识，无论是模范军人的林冲，无论是专门赌徒的白胜，他们只要具着这个心，正可以说是兄弟。这个心——就是一种超道德的思想，不但是他们所具有的心，在古今来中国人的胸中，至少比之日本人，有着深远的根源，是不可轻视的心。

"天下非一人之天下"，说虽如此，但在说这话的人们，其意只不过说不是昏君一人之天下，他们的真意，就是要把昏君一人之天下，改作豪杰一人之天下。再举一个证据，中国有"英雄回头即神仙"的话。原来，神仙不是恶人，也不是善人，是超出在善恶的彼岸以烟霞为食的人。杀人放火不以为意的豪杰，在这一点上只要他一回头，的确可以升入仙侣的。试翻开尼采的书来看罢，那用毒药的查拉都司都拉就是恺撒·布尔迦（Caesar Borgia)。《水浒传》并不因了武松打虎，李逵挥斧，燕青打擂，被万人所爱读的。实因为书中充满了磅礴泼辣的豪杰气氛，读了就为所醉的缘故。……我又把注意转到武器的声音上，原来，在我想着《水浒传》的当儿，他们已在开始第二次的比试了，一个用了青龙刀，一个用了阔幅的单刀。

到孔庙已傍晚。跨了疲驴，向那砌石缝中生了草的庙前的路行去，从路边的桑丛中望见灰白色的瑞光寺的塔，塔的各层间的蔓芜也望得分明，上面有许多鹊在点点地来去飞巡。我在这瞬，感到一种又哀又喜的情怀，如果形容了说，竟要想说是苍茫万古之意的了。

这苍茫万古之意，幸而一直能够持续。把驴系在门外，向路也看不清楚的草中进去，在昏暗的柏或杉中，漾着一个满浮着南京藻的池。一个戴红边帽子的兵士却在池边一面分梳着芦苇，一面用提了小网捉着鱼。庙是明治七年重建，据说为宋名臣范仲淹所创立，是江南第一个文庙。想到这上，此庙的荒废，不就是中国的荒废吗？可是，至少在远来的我，却正唯其有这荒废，才生起怀古的情来。究竟叹息好呢？还是喜悦好？——我当怀了这矛盾，渡过有藓苔的石桥时，口里不觉微吟起这样的诗句：“休言竟是人家国，我亦书生好感时。”——但这诗的作者不是我，是现居北京的今关天彭氏。

通过了黑色的礼门，在石狮间徘徊，见旁边还有小小的便门。为要请求开这便门，不能不给蓝服妇人以两角的小银元。贫困的妇人携了一个麻面的十岁左右的女孩一同来作向导，这光景真有些悲哀。我们跟在她们的后面踏着石道。石道尽处，大概叫作戟门罢，耸立一大大的门。有名的天文图和中国全图的石刻，就在这里，可是在暮色昏黄中，碑面也不十分能看得明白。门的里面排着钟与鼓。甚矣，礼乐之衰也！——这在以后想来，自是滑稽，却是我在初见到那满了尘埃的古风的乐器时，不知为了什么，确曾抱了这感慨的。

戟门内的石级不用说也是莽莽地长着草的。石级的两旁，列着廊也似的屋宇，据说就是以前的试场。前面有许多株的大银杏。我们随了那管门的母女登上石级尽处的大成殿。大成殿是庙的正殿，所以规模很是宏大，石柱的龙，黄色的壁，似乎是御笔的正面的匾额——我把殿外看过，再去窥视昏暗的内部，忽从那高高的屋顶里，听到飒飒的声音，好像在下雨，同时有一种奇异的臭气冲到鼻间来。

“什么，那是?”我赶快退却了回头向岛津君问。

“蝙蝠啰。在这屋顶里做着巢——”岛津君微笑了说。

仔细一看，果然磨砖地上满落着黑粪。既听了那羽音又见到这许多的粪，竟不知究有多少的蝙蝠在这梁间昏暗中飞？翔只一想到，也已足令人不快。于是我就从怀古的诗境中被拉落到哥耶（Goya）的画镜里去。到了这里，早已说不到苍茫万古，宛然是怪谈的世界了。

……岛津氏出去了以后，我坐在椅子上悠然地抽起一支“敷岛”[1]，床二只，椅子二只，茶几一只，还有嵌镜的洗面台一只——此外，窗帷，地毡，什么都没有。只是露白的壁间，关住着油漆过的门。虽然如此，却也并不是预料以外地不洁。也许是多撒了臭虫药粉的缘故罢，幸而也没曾被臭虫咬伤。照这情形，似乎住在中国旅馆里，比之于一面耽心茶代[2]住在日本人的旅馆里便宜得多。

我一边想着这些，把眼转眺窗外。我所住的房子是三楼，窗外眺望所及也颇广。可是在暮色中到眼的只是一片黑色的屋顶。……忽而听到有声音，回头去看，见油漆房门口立着一个蓝衣服的老婆子。婆子堆了笑向我唧咕着什么，在我这哑旅行家，不用说是不会领悟的。我疑惑之极，只是熟视她脸孔。忽然瞥见门外又来了一艳服的少女。油晶晶的前刘海发，水晶的耳环，似乎缎子的浅紫色的衣裳。——少女也不来看房内，只是弄着手帕悄悄地向廊下走去。接着婆子又唧咕了一阵，得意地做出笑容来给我看。到这地步，婆子的来意，也不必再待岛津氏的通译了。我把两手攀着婆子的低低的肩上，把她打了一个回旋：

[1] 卷烟牌名。——译者注

[2] 给予旅馆女仆的犒赏，名曰茶代。在日本，犒赏往往有大于房金者。——译者注

“不要！”

岛津氏恰巧在这当儿回来了。当夜，我和岛津氏同入城外的酒栈。岛津氏曾是“醉了老醉的父亲的侧脸”的自画像似的俳句的作者，不用说是相当的酒豪，我是差不多不能饮的。酒栈一隅一小时有余的滞留，一半是岛津氏的德望之力，一半是缠绵酒家的小说的气氛之力。

酒栈是左右白壁屋顶很高的后街屋。屋的后部是大木栅窗，夜间也可看得见路人的往来。桌椅是剥蚀了的，我一边咬着甘蔗，一边时时替岛津氏执壶。我们的对面坐着二三个服装龌龊的酒客，再过去堆着酒坛，高高地几乎要碰到屋顶。门口睡着的犬，瘦得不成样子，并且头上纯是癞皮。路上驴马的铃声，街丐的胡弓声——有这样喧扰中，对面的一座，不知从什么时候已在愉快地赌着拳了。

一个有面疱的汉子肩了一个龌龊的木盘，走近我们桌边来，去看盘内，有许多浅紫色的似乎像脏腑的东西，浑沌地杂置着。

“什么，这是？”

“这是猪的心胃等类，下酒是好菜。”

岛津氏拿出二个铜货来。

“请尝尝看。已略微加了盐了的。”

我对着那小块的新闻纸上几片的脏腑，遥遥地想到东京医科大学的解剖学教室来。如果在母夜叉孙二娘的店里，那可不知道，现今明晃晃的电灯光中，卖着这样的食物，究竟是老大国，与众不同的了。不用说，我未曾尝食的。

南京

到了南京那天的午后，我为欲一观城内，由中国人某的引导，依旧作了人力车上之客。夕阳下的街道，在中西杂式的屋宇的背后，有时见到豆麦田，有时见到泛着鹅的池沼。并且，道路颇宽，行人却不多。讯诸引导的中国人，据说南京城内有五分之三是田和荒地。我对了路边的柳树，将圮的土垣，以及参差的飞燕，不禁起怀古之情，同时又想到如果把这空地买下一定可以发财。

"不拘谁，能趁现在把这些地买了就好。只要浦口一繁盛，地价一定暴涨哩。"

"不行。中国人是都不想到明日的事的。谁来买地面啊。"

"那么，你呢？"

"我也不作此想——第一也不能作此想。家或许被烧，人或许被杀，明日的事谁知道。这就是和日本不同的地方。啊，目前的中国人与其叫他们顾着子孙的将来，宁可沉溺在酒与女色中的。"

芜湖

和西村贞吉同步芜湖街道。街道是照例的日光也不见的石路，两旁挂着什么银楼呀酒栈呀的招牌，这些在已经在中国住了一月半以上的我，早已不感到什么新奇，加以每逢独轮车通过，就有轧轧的声音，骚扰得头痛不堪。我只是蹙着眉头，西村虽有时对我说什么，也只随便敷衍罢了。

在一稍广阔的街道中，有一处排列着女子照片，门前闲人五六个，正熟视着照片在谈说些什么。问这是什么所在，据说是济良所。所谓济良所，并不是养育院，乃是保护自由废业的妓女的。

看毕了街市，西村邀我到了倚陶轩一名大花园的餐馆里。据说这是李鸿章的别庄，可是一入园内，最初感到的印象，和洪水后的向岛附近一样。花木不多，地上荒秽，所谓陶塘，水很混浊，室内是空空的，全体的光景，离餐馆很远很远。我们一边看着檐下的鹦鹉，吃那只能满足味觉的中国菜。我在正吃着的时候，对于中国的恶感就渐渐地发生起来。

当夜，在唐家花园的露台上和西村并着藤椅时，我很猛烈地痛骂现代的中国：现代的中国有什么？政治、学问、经济、艺术，不是如数堕落着吗？尤其是艺术，从嘉庆道光以来，有一可以自豪的作品吗？而国民却不问老幼，只是唱着太平曲！

不用说，青年之中，也许可看得出有若干的活力，但他们的呼声中，没有感动全国民的猛烈的情热，却是事实。我不爱中国，就是要爱也不能爱。如果目击了中国国民的腐败，还能爱中国，这不是颓唐已极的肉欲主义者（Sensualist），即是浅薄的中国趣味的迷信者。不，就是中国人，只要是心不昏的，对于中国，比之于我一介的旅客，应该更熬不住憎恶罢。

北京雍和宫

中野江汉带了我去游雍和宫。我对于喇嘛寺，原没有什么兴味，不，并且还有大恶的。因为说是北京名物之一，为了作纪行文，道理上也非去走一遭不可。自己也觉得太委屈了。

乘了不十分清洁的人力车，来到门前，果然不愧为大伽蓝。其中有永佑殿、绥成殿、天王殿、法轮殿等等的地方。黄色的屋顶，赤色的壁，阶段用着大理石，上面还有石狮子，青铜的惜字塔（中国人尊重文字，据说见了有字的纸屑，就投入此中。把这当作有若干艺术味的青铜制的纸屑笼想，也就无大差），以及乾隆帝的御碑，可以说是近于庄严的了。

第六所东配殿中，有木雕的欢喜佛四具。把银货一枚给予那看守者，他就拉开绣幔来让我们观看。所谓佛，皆蓝面赤发，背上生着许多手，颈上挂着无数骷髅，真是丑恶无双的怪物，欢喜佛第一号，跨着蒙了人皮的马，在炎口中冲着小孩。

第二号把象头人身的女子踏在脚下。第三号正淫着一个直立的女子。第四号——最所敬服的是第四号了。第四号佛立在牛背上，而这牛呢，居然在淫着一仰卧的女子。这许多欢喜佛毫不引起色情，只是给人以一种残酷的好奇心的满足。欢喜佛第四号的旁边，有一匹开着口的木雕的大熊。这熊如果考问起来，定是什么东西的象征罢。熊的前面有二武夫（蓝面，持有黑毛的枪）后面跟着二匹的小熊。

大概在宁阿殿罢。听到有一种声音，向内张视，有两喇嘛僧吹奏着异样的喇叭。喇嘛戴的是有毛的三角帽，有黄的，有紫的，也有赤的。虽也有若干的画趣，但看去总有些像恶党。我只对于那两个吹喇叭的还可有觉到些微的好感而已。

和中野君正在石级上步着，从万福殿前面的一个楼上有一个看守役伸出头来，招手叫我们去。上了狭狭的楼梯去看，这里也有用幔遮蔽着的佛，可是看守役不肯把幔揭开，只是伸了手要小洋二角。后来让价到了一角，去了幔，见都是蓝面、白面、黄面、赤面、马面等的怪物，生着许多的臂，（手里于弓呀斧呀以外，有的还擎着人头）左足是鸟脚，右足是兽脚，看去颇似狂人的画。可是，却不是所预期的欢喜佛。（不用说，有一个怪物足下踏着两个人的）中野君怒目了叱那看守役："你骗我吗?"看守役就大恐缩，连声地说："有这个，有这个。"所谓"这个"，是一蓝色的男根。隆隆的一具，不造儿子，徒然替看守役赚香烟钱。可怜啊，喇嘛佛的男根！

喇嘛寺前有喇嘛画师开设的店七家。画师总数三十余人，据说都是从西藏来的。我们在一家叫作恒丰号的店里购喇嘛佛的画数张。这类的画，说一年可销一万二三千元，喇嘛画师的收入，也不可轻视了。

辜鸿铭先生

访辜鸿铭先生。侍者所引入的，是壁间悬着碑版地上铺着地毡的厅堂。看去虽似乎是有臭虫的地方，却不失为潇洒可爱的屋宇。

不等到一分钟，有一目光炯炯的老人排门而入，用了英语说："来得很好，请坐。"不用说这就是辜鸿铭先生。灰白色的辫发，白色的长褂子，鼻的尺寸很短，面孔看去像是大的蝙蝠。先生和我谈话时，桌上摆着几张的草稿纸，一边手执了铅笔写汉字，一边口若悬河地说英国语。这在如我耳朵靠不大住的人，真是便利的会话法。

先生南则生于福建，西则学于苏格兰的爱丁堡，东则娶于日本，北则居于北京，故自号为东西南北之人。英语不消说了，据说还通法语及德语，可是却与新少年不同，不标榜西洋的文明。他诮骂了基督教，共和政体，以及机械万能等等，见我穿的是中国服，说“你不着洋服，难得。只可惜没有发辫”。和先生谈了约三十分钟，一个八九岁的少女，羞羞地走到厅堂来。这是先生的小姐（夫人已入鬼籍）。先生把手搭在她肩上，用中国语低说了一会，她就开了小口唱起《伊吕波歌》来[1]。这定是夫人生前教她的了。先生虽满足地微笑，我却颇觉感伤，只是熟视她的脸孔。

小姐进去了以后，先生又为我论段，论吴，论托尔斯泰（据说托尔斯泰曾有书信给先生过）。论来论去，意气愈昂，眼愈如炬，脸孔愈像蝙蝠。当我离上海时，约翰斯握了我的手说：“不去看紫禁城也不要紧，但不可不去一见辜鸿铭啊！”约翰斯真不我欺。我也有感于先生所论，问他既有慨于时事，为什么不愿问时事。先生虽曾即刻回答，可是我终是不懂。只是无聊地重复说“再出去试试如何?”先生乃愤愤地在纸上大书着说“老，老，老，老，老，……”

一小时后，辞了先生的宅，步行回东单牌楼的旅馆去。微风拂着路旁的合欢花，斜阳射着我的中国服。蝙蝠似的先生的脸孔，还如在我的眼前不去。我当要穿出大街时，回顾先生之门：——先生，幸勿见责！我在代先生叹老之先，还须赞美年少有为的自己的幸福！

[1] 日本四十七字母集成的歌。——译者注

什刹海

中野江汉君所引导我去游的，不止像北海、万寿山、天坛等谁都去的地方，文天祥祠、杨椒山故宅、白云观、永乐大钟（大钟已半埋没在土里，事实上已渐渐地成了公共便所了）也都因了中野君的引导，得以一观。可是最有趣的要算什刹海的游园。

虽说游园，并不是真有完美的园庭，无非是在大荷池边用席棚搭成的茶摊。在这里面坐了二小时之久，中野君饮玫瑰露，我啜中国茶。为什么这样有趣呢，并没有什么，只是看人。

荷花未开，绕岸的槐柳荫下各茶摊中，有衔着水烟袋的老头，有梳双丫髻的少女，有与兵卒谈着的道士，有卖杏的老妇人，有卖人丹（非仁丹）的，有警察，有洋装的青年绅士，有满洲旗妇，——这样一一说来，真是无限，总之，此身已像在中国浮世绘中了。旗妇头上顶着黑布（也许是黑纸）做成的似髻又似冠的东西，颊上染着圆圆的胭脂块，古风得难以形容。和人招呼时，屈膝而不屈腰，把右手直触到地，其样子可说是奇异，也可说是有幽雅之趣。我感到不可思议的魅力，竟也想用了满洲礼节对这旗妇去打一招呼。可是把这诱惑克制了，这至少是中野君的幸福。原来茶摊中禁止男女同席。我们所坐的茶摊，中间也阑着一枝圆木，携了女孩来的父亲，把女孩放在圆木那方，自己坐在圆木这方陪她，喂她果物哩。在这种情形之下，我如果因了敬服之故和旗妇去打招呼，也许会犯风俗坏乱罪，被捉将官里去的。中国人的形式主义，真也可谓彻底的了。

我把这事说给中野君听，中野君把杯中的玫瑰露一饮而尽，才徐徐地说道："那是了不得啊！有所谓环城铁道者；就是那环绕城墙的火车。当筑那条铁道时，路线曾有一部通入城内。因为如此就不能说是环城，于是在城中又新筑一段的城墙起来，真是大大的形式主义哩。"

（夏丏尊　译）

附录二

绝 笔

致某旧友的手扎

从来不曾有人将自杀者的心理从实地描写出来，这大概是自杀者的自尊心或者自杀者对于自身心理的兴味不足的缘故。我想在这封给你的最后的信里，将这种心理，很明了地表现出来。虽则关于自杀的动机，不妨对你不说。

列尼埃在他的短篇里，曾描写过一个自杀者，但这短篇中的主人翁为什么自杀，这是连他自己都不知道。你在报纸的三面记事上，可以发现许多自杀的动机，譬如生活困难、病痛或者精神苦痛之类。但是照我的经验，这些都不是动机的全部，不过是表示这种动机的过程而已。自杀的人，大概都和列尼埃所描写的一样，不知道为什么自杀的。这是和我们的行为一般，含有复杂的动机；但在我的自杀，却至多也不过是一种模糊的不安，是一种难言而模糊的不安。你或者对于我的话，不能信用，但是我十年来的经验，使我知道，和我接近的人们，只要不处于和我相仿的境遇，对于我的说话，都听作风中的歌曲一样。因此，我也不想责备你。……我在这两年之间，尽想着死的一事。以沉静的心境，诵读马埃伦特儿也在这个期间。

马埃伦特儿用抽象的辞句，很巧妙地描写着到死去的道德，但是我却想更具体的将同样的事情描写一遍。对于家族们的同情之类，在这种欲望之前，是不足顾虑的了；这在你看来，大概又是不近人情的话。但是假使说是不近人情，那么我的一面，的确是不近人情的。我对于一切，有非从实描写不可的义务。我对于我的模糊的不安，也曾解剖过。在我的《呆人的告白》中，大抵已经将要说的都说完了。不过我对于我的社会的条件之内，对于影响及我的封建时代的事情，却故意地不曾说及。为什么故意地不写，这是因为我们人类到现今也多少的生活在封建时代的影子里的缘故。我在那里打算描写某种背景，舞台，照明和登场的人物——就是我的所作的大概。

不仅如此，所谓社会的条件，因为我自己在这种社会的条件之内，究竟自身能不能够明白，还是一个疑问。

我第一着想的，就是如何才能毫无痛苦地死去的问题。缢死当然是和这个目的相合的手段，但我想象到我自己缢死以后的姿态，不觉感觉到一种“美的嫌恶”的奢望。我对于女人恋爱的时候，也曾因她的字写得不好，突然失了爱情。溺死对于我们会游泳的人，也不是办法，即是成功，痛苦一定要比缢死更多！轹死第一会使我觉到美的嫌恶；用手枪或小刀，因为我的手的战栗，都有失败的可能。从高屋上跳下来，当然是很不好看。因为这些缘故，我决意用药品了。用药品自杀，大概要比缢死更为痛苦，但这种方法，在没有美的嫌恶之外，还有一种不致于有苏生之危险的好处。不过要买这种药品，在我当然是不很容易。在我心里决定了自杀之后，利用一切的机会，寻访这种药品；同时并想求一点对于毒物学的知识。其次我所着想的，便是死所的问题。我的家族们，在我死之后，非靠我的遗产不可。我的遗产，只有一百平米的地皮，我的房子，我的著作权，和二千元的贮金而已。我担忧将来要因为我的自杀而没人要买我的房子，因之感到对于有别庄的富人们的羡望。你对于这句话，要觉得好笑吧！我自己对于这句话，也觉得好笑。但是事实上想到这里的时候，深深地感着不便。一方面又不能避掉这种不便，我只想自杀了之后，不使家族以外的人，看到我的尸体。

但是，我的手段决定之后，也有一半对于生的执着，所以跳进死里去时的 Spring board 是必要的。我不像红毛人一般，将自杀当作罪恶，佛陀且在《阿含经》中肯定了他的弟子自杀。而曲学阿世之徒，将这种肯定，解释做只能适用于万不得已的时候，但是在第三者眼里看来，“万不得已的时候”并不是悲惨无救而非死不可的非常时候。自杀的人，总是在“万不得已的时候”才出于自杀的。在万不得已之前，敢于自杀，竟可说非富有勇气不可。做这种 Spring board 的，最好是女人。

克拉司脱在他自杀之前，屡次劝他的朋友做他的“男的”同伴，拉西奴也想和莫利爱或朴亚罗同时到赛奴河去投身。但是我却不幸没有这种朋友，只有我知道的一个女人，想和我同死。但这也是成了一种不能成功的计划。

在这个时候，我生了一种没有 Spring board 也能自杀的自信。这并不是因为没有人和我同死，才绝望而产生这种信念，实在是渐次变化感伤的我，想到了即使是死别，也该爱护我的妻子的缘故。同时我也知道了我一个人自杀，比两个人自杀容易。此外还有我自己有自由选择自杀的时间的便宜。

我最后所用工夫的，是不使家族注意而巧妙地自杀。这件事，在准备了几个月之后，才得到了某种自信。这事因为与对于我有好意的人相关，这里不能明说。即使说了，也不能适用精神上的帮助罪的。（没有比此更滑稽的罪名了!）假使这种法律适用起来，犯人不知要增加多少！药店，枪炮店，刀店即使说不知道我们人的意思，在言语或表情上流露出来，总多少非受一点嫌疑不可!

但是，社会和法律自己，都构成着自杀帮助罪的。最后，这个犯罪人有柔和的心脏，帮助罪不至于构成，这大概是确实的。我很冷静地准备完了之后现在只玩着等死。从此以后的心境，大抵和马埃伦特儿的说话相仿。因为我们人类是人间兽，像动物一般地怕死。所谓生活力，实在是动物力的别名。我是一匹人间兽，但是照我已经厌倦于食色看来，大约我的动物力已经渐渐消失。我现在所住的，是冰一般清澄的神经的世界。

昨日晚上我和一个卖笑妇在一起，谈到她的工钱，深深地觉到我们人间“为生活而生活”的可怜！假使我们能够自甘永眠，那么即使对我们自己不能算得幸福，也可认作和平。但是，我几时才能毅然地自杀，却是一个疑问。不过，自然是永远美的，它一定在笑我既爱它的美而却要做自杀的矛盾。自然的美，在我末期的眼中映着，我因为比别人格外的观看爱慕和理解，所以即使在苦痛之中，我也感到满足。请你将这封遗书，在我死后几年之内不要公表我或者不像病死一般地自杀，也未可知的。

（附记）我读了恩倍特·克来司的传记，觉到自己要想做一个神的欲望，这样的从前已经有了。我这篇手记，只要我意识着，我是不自以为神的，不，我是自以为一个太凡下的人的。你如还能记忆在菩提树下谈论《爱德那的恩倍特·克来司》的二十年前的往事，我在那时候，已经是自以为神的一人。

致家族的遗言

一，绝对不必使我苏生。

二，绝命之后，通告小穴君[1]。若在绝命之前通知，一则使小穴君苦痛，二则使世人不安。

三，假使被人知道是自杀，那可不必说，又别人不知道，只说是中暑身死。

四，死后请和下岛先生[2]商量办事；假使被人知道是自杀时，将致菊池[3]的遗书交付。致文子[4]的遗嘱，可开封阅看，一切须绝对照遗书办理。

五，将“蓬平的兰”赠给小穴君，将砚赠给义敏。

六，遗言读后，须立刻烧却。

（沈端先　译）

[1] 画家小穴隆一氏。——译者注

[2] 芥川氏学友下岛医学生。——译者注

[3] 菊池宽。——译者注

[4] 芥川氏夫人。——译者注

国图典藏版本展示

芥川龍之介集

魯迅等譯

1927

開明書店

一九二七年十二月初版

芥川龍之介集

實價大洋六角（外埠酌加寄費）

原著者　芥川龍之介

翻譯者　魯迅、方光燾　夏丏尊　章克標

發行者　開明書店

發行所　上海望平街第一五六號　開明書店

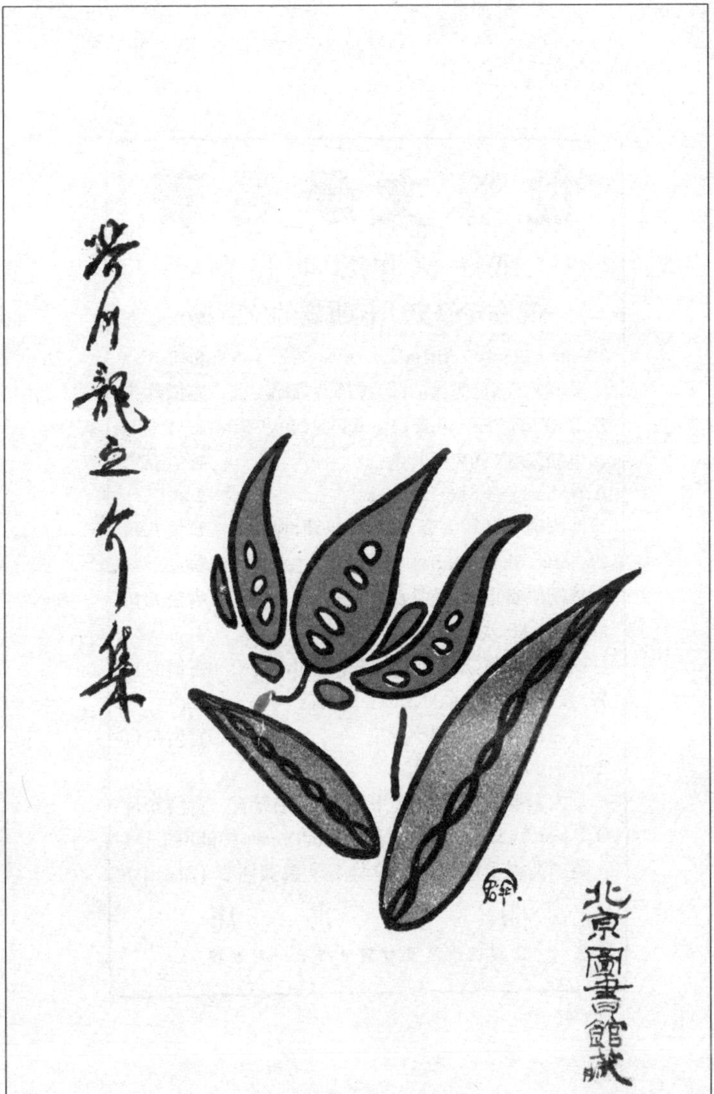
芥川龍之介集
北京圖書館藏

開明書店新出文學週報社叢書

文藝與性愛

日本松村武雄著　謝六逸譯

錢君匋裝幀。這本書是以精神分析學的方法來研究文學家的，誰也逃不過他的巨眼。如謂擺倫曾與其妹通姦，即是以震驚世界。此外如莎士比亞，托爾斯泰，華司活，雪萊，文琪，司提文生等人的作品，都不客氣地加以性的分析。實價二角五分。

童話論集

趙景深著

豐子愷裝幀。作者六年來的童話論文都已搜集在這書裏面，完全從民俗學的立腳點來研究的。內中概論童話的四篇，研究中國童話的五篇，研究西洋童話的七篇。全書二百餘面，實價五角。

寂寞的國

汪靜之詩集

錢君匋裝幀。這是汪靜之的第二詩集，在『蕙的風』以後的詩都收在這裏，作風與前大不相同：以前是無韻的自由詩，現在是有韻而又有旋律的；以前是話談的，清秀的，現在是熱烈的，革命的；我們且看擴大了詩的境域的汪靜之新的作風罷。實價六角。

英蘭的一生

孫夢雷長篇小說

孫先生的作品，以前在東方雜誌上發表得很多，這部小說是不曾發表過的。寫的是一個可憐女子英蘭的一生。她受盡了社會的虐待，做過僕婢，做過女工，做過賣笑生涯。終於爲人所棄，尋死不得，變成了瘋婆子。悲哀悽惻，極爲動人。實價一元。

目次

鼻子

一說起禪智內供的鼻子，池尾地方是沒一個不知道的。長有五六寸，從上唇的上面直拖到下頦的下面去。形狀是從頂到底，一樣的粗細。簡捷說，便是一條細長的香腸似的東西，在臉中央拖着罷了。

五十多歲的內供是從還做沙彌的往昔以來，一直到陞了內道場供奉的現在爲止，心底裏始終苦着這鼻子。這也不單因爲自己是應該一心渴仰着將來的淨土的和尙，於鼻子的煩惱，不很相宜；其實倒在不願意有人知道他介意於鼻子的事。內供在平時的談話裏，也最怕說出鼻子這一句話來。

內供之所以煩膩那鼻子的理由，大概有二，——其一，因爲鼻子之長，在實際上很不便。第一是喫飯時候，獨自不能喫。倘若獨自喫時，鼻子便達到盌裏的飯上面去了。於是內供叫一個弟子坐在正對面，當喫飯時，使他用一條廣一寸長二尺的木板，掀起鼻子來。但是這樣的喫飯法，在能掀的弟子和所掀的內供，都不是容易的事。有一回，替代這弟子中童子打了一個噴嚏，因而手一抖，那鼻子便落到粥裏去了的故事，那時是連京都都傳遍的。——然而這事却還不是內供之所以以鼻子爲苦的重大的理由，內供之所以爲苦者，其實却在乎因這鼻子而傷了自尊心這一點。

池尾的百姓們，替有着這樣鼻子的內供設想，說內供幸而是出家人；因爲都以爲這樣的鼻子，是沒有女人肯嫁的。其中甚而至於還有這樣的批評，說是正因爲這樣鼻子，所以纔來做和尙。然而內供自己，却並不覺得做了和尙，便減了幾分鼻子的煩惱去。內供的自尊心，較之爲娶妻這類結果的事實所左右的東西，微妙得多多了。因此內供在積極的和消極的兩方面，要將這自尊心的毀損恢復過來。

第一，內供所苦心經營的，是想將這長鼻子使人看得比實際較短的方法。每當沒有人的時候，對了鏡，用各種的角度照着臉，熱心的揣摩。不知怎麼一來，覺得單變換了臉的位置，是沒有把握的了，於是常常用手托了頰，或者用指押了頤，堅忍不拔的看鏡。但看見鼻子較短到自己滿意的程度的事，是從來沒有的。內供際此，便將鏡收在箱子裏，嘆一口氣，勉勉強強的又向那先前的經几上唪觀世音經去。

而且內供又始終留心着別人的鼻子。池尾的寺，本來是常有僧供和講論的伽藍。寺裏面，僧坊建到沒有空隙，浴室裏是寺僧每日燒着水的。所以在此出入的僧俗之類也很多。內供便堅忍的物色着這類人們的臉。因爲想發見一個和自己一樣的鼻子，來安安自己的心。所以烏的絹衣，白的單衫，都不進內供的眼裏去；而況橙黃的帽子，壞色的僧衣，更是生平見慣，雖有若無了。內供不看人，只看鼻子，——然而竹節鼻雖然還有，却尋不出內供一樣的鼻子來。愈是尋不出，內供的心便漸漸的愈加不快了。內供和人說話時候，無意中扯起那拖下的鼻端來一看，立刻不稱年紀的臉紅起來，便正是爲這不快所動的緣故。

到最後，內供竟想在內典外典裏尋出一個和自己一樣的鼻子的人物來，寬解幾分自己的心。然而無論什麼經典上，都不說目犍連和舍利弗的鼻子是長的。龍樹和馬鳴，自然也只是鼻子平常的菩薩。內供聽人講些震旦的事情，帶出了蜀漢的劉玄德的長耳來，便想道，假使是鼻子，眞不知使我多少膽壯哩。

內供一面既然消極的用了這樣的苦心，別一面也積極的試用些縮短鼻子的方法，在這里是無須乎特地聲明的了。內供在這一方面幾乎做盡了可能的事。也喝過老鴉脚爪煎出的湯；鼻子上也擦過老鼠的溺。然而無論怎麽辦，鼻子不依然五六寸長的拖在嘴上麽？

但是有一年的秋天，內供的因事上京的弟子，從一個知己的醫士那里，得了縮短那長鼻子的方法來了。這醫士，是從震旦渡來的人，那時供養在長樂寺的。

內供仍然照例，裝着對於鼻子毫不介意似的模樣，偏不說便來試用這方法；一面卻微微露出口風，說每喫一回飯，都要勞弟子費手，實在是於心不安的事。至於心裏，自然是專等那弟子和尙來說服自己，使他試用這方法的。弟子和尙也未必不明白內供的這策略。但內供用這策略的苦衷，却似乎動了那弟子和尙的同情，駕反感而上之了。那弟子和尙果然適如所期，極口的來勸該用這方法；內供自己也適如所期，終於依了那弟子和尙的熱心的勸告了。

所謂方法者，只是用熱湯浸了鼻子，然後使人用脚來踏這鼻子，非常簡單的。湯是寺的浴室裏每日都燒着。於是這弟子和尙立刻用一個提桶從浴室裏汲了連手指都伸不下去的熱水來。但若直接的浸，蒸汽吹着臉，怕要燙壞的。於是又在一個板盤上開一個窟窿，當作桶蓋，鼻子便從這窟窿中浸到水裏去。單是鼻子浸着熱湯，是不覺得燙的。過了片時，弟子和尙說：

『浸够了罷。……』

內供苦笑了。因爲以爲單聽這話，是誰也想不到說着鼻子的。鼻子被湯蒸熱了，蚤咬似的發癢。

內供一從板盤窟窿裏抽出鼻子來，弟子和尙便將這熱氣蒸騰的鼻子，兩脚用力的踏。內供躺着，鼻子伸在地板上，看那弟子和尙的兩脚一上一下的動。弟子常常顯出過意不去的臉相，俯視着內供的禿頭，問道：

『痛罷？因爲醫士說要用力踏。……但是，痛罷？』

內供搖頭，想表明不痛的意思。然而鼻子是被踏着的，又不能如意的搖。這是抬了眼，看着弟子脚上的皸裂，一面生氣似的說：

『不痛。……』

其實是鼻子正癢，踏了不特不痛，反而舒服的。

踏了片時之後，鼻子上現出小米粒一般的東西來了。簡括說，便是像一匹整烤的拔光了毛的小雞。弟子和尙一瞥見，立時停了脚，自言自語似的說：

『說是用鑷子拔了這個哩。』

內供不平似的鼓起了兩頰，默默的任憑弟子和尙辦。這自然並非不知道弟子和尙的好意；但雖然知道，因爲將自己的鼻子當作一件貨色似的辦理，也免不得不高興了。內供裝了一副受着不相信的醫生的手術時候的病人一般的臉，勉勉強強的看弟子和尙從鼻子的毛孔裏，用鑷子鉗出脂肪來。那脂肪的形狀像是鳥毛的根，拔去的有四分長短。

這一完，弟子和尚纔吐一口氣，說道：

『再浸一回，就好了。』

內供仍然皺着眉，裝着不平似的臉，依了弟子的話。

待到取出第二回浸過的鼻子來看，誠然，不知什麼時候已經縮短了。這已經和平常的竹節鼻相差不遠了。內供摸着縮短的鼻子，對着弟子拿過來的鏡子，羞澀的怯怯的覷着看。

那鼻子，——那一直拖到下面的鼻子，現在已經誑話似的萎縮了，只在上唇上面，沒志氣的保着一點殘喘。各處還有通紅的地方，大約只是踏過的痕跡罷了。既這樣，再沒有人見笑是一定的了。——鏡中的內供的臉，看着鏡外的內供的臉，滿足然的睞幾睞眼睛。

然而這一日，還有怕這鼻子仍要伸長起來的不安。他以內供無論唪經的時候，喫飯的時候，只要有閑空，便伸手輕輕的摸那鼻端去。鼻子是規規矩矩的存在上唇上邊，並沒有伸下來的氣色。睡過一夜之後，第二日早晨一開眼，內供便首先去摸自己的鼻子，鼻子也依然是短的。內供於是乎也如從前的費了幾多年積起抄寫法華經的功行來的時候一般，覺得神清氣爽了。

但是過了三日，內供發見了意外的事實了。這就是偶然因事來訪池尾的寺的侍者，却顯出比先前更加發笑的臉相，也不很說話，只是灼灼的看着內供的鼻子。而且不止此，先前將內供的鼻子落在粥裏的中童子那些人，若在講堂外遇見內供時，便向下忍着笑，但似乎終於熬不住了，又突然大笑起來。還有進來承教的下法師們，面對面時，雖然恭敬的聽着，但內供一向後看，便屑屑的暗笑，也不止一兩回了。

內供當初，下了一個解釋，是以爲只因自己臉改了樣。但單是這解釋，又似乎總不能十分的說明。——不消說，中童子和下法師的發笑的原因，大概總在此。然而和鼻子還長的往昔，那笑樣總有些不同。倘說見慣的長鼻，倒不如不見慣的短鼻更可笑，這固然便是如此罷了。然而又似乎還有什麼緣故。

『先前倒還沒有這樣的只是笑，……』

內供停了唪着的經文，側着禿頭時常輕輕的這樣說。可愛的內供當這時候，一定悵然的眺着掛在旁邊的普賢像，記起鼻子還長的三五日以前的事來，「今如零落者，却憶榮華時」便沒精打采了。——對於這問題，給以解釋之明，在內供可惜還沒有。

——人類的心裏有着互相矛盾的兩樣的感情。他人的不幸，自然是沒有不表同情的。但一到那人設些什麼法子脫了這不幸，於是這邊便不知怎的覺得不滿足起來。誇大一點說，便可以說是其甚者且有願意再看見那人陷在同樣的不幸中的意思。於是在不知不覺間，雖然是消極的，却對於那人抱了敵意了。——內供雖然不明白這理由，而總覺得有些不快者，便因爲在池尾的僧俗的態度上，感到了這些傍觀者的利己主義的緣故。

於是乎內供的脾氣逐漸壞起來了。無論對什麼人，第一句便是叱責。到後來，連醫治鼻子的弟子和尙，也背地裏說『內供是要受法慳貪之罪的』了。更使內供生氣的，照例是那惡作劇的中童子。有一天，狗聲沸泛的噑，內供隨便出去看，只見中童子揮着二尺來長的木板，追着一匹長毛的瘦狗在那里跑。而且又並非單是追着跑，却一面嚷道『不給打鼻子，喂，不給打鼻子，』而追着跑的。內供從中童子的手裏搶過木板來，使勁的打他的臉。這木板是先前掀鼻子用的。

內供倒後悔弄短鼻子爲多事了。

這是或一夜的事。太陽一落，大約是忽而起風了，塔上的風鐸的聲音，擾人的響。而且很冷了，在老年的內供便是想睡，也只是睡不去。展轉的躺在床上時，突然覺得鼻子發癢了。用手去摸，彷彿有點腫，而且這地方，又彷彿發了熱似的。

『硬將他縮短了的，也許出了毛病了。』

內供用了在佛前供養香花一般的恭敬的手勢，按着鼻子，一面低低的這樣說。

第二日的早晨，內供照例的絕早的睜開眼睛看，只見寺裏的銀杏和七葉樹都在夜間落了葉，院子裏是鋪了黃金似的通明。大約塔頂上積了霜了，還在朝日的微光中，九輪已經眩眼的發亮。禪智內供站在開了護屏的簷廊下，深深的吸一口氣。

幾乎要忘却了的一種感覺，又囘到內供這里，便在這時間。

內供慌忙伸手去按鼻子。觸着手的，不是昨夜的短鼻子了；是從上唇的上面直拖到下唇的下面的，五六寸之譜的先前的長鼻子。內供知道這鼻子在一夜之間又復照舊的長起來了。而這時候，和鼻子縮短時候一樣的神淸氣爽的心情，也覺得不知怎麽的重復囘來了。

『旣這樣，一定再沒有人笑了。』

使長鼻子蕩在破曉的秋風中，內供自己的心裏說。

（魯迅譯）

羅生門

是一日的傍晚的事。有一個家將，在羅生門下待着雨住。

寬廣的門底下，除了這男子以外，再沒有別的誰。只在朱漆剝落的大的圓柱上，停着一匹的蟋蟀。這羅生門，既然在朱雀大路上，則這男子之外，總還該有兩三個避雨的市女笠和揉烏帽子（一）的。然而除了這男子，却再沒有別的誰。

要說這緣故，就因為這二三年來，京都是接連的起了地動，旋風，大火，饑饉等等的災變，所以都中便格外的荒涼了。據舊記說，還將佛象和佛具打碎了，那些帶着丹漆，帶着金銀箔的木塊，都堆在路旁當柴賣。都中既是這情形，修理羅生門之類的事，自然再沒有人過問了。於是趁了這荒涼的好機會，狐狸來住，強盜來住；到後來，且至於生出將無主的死屍棄在這門上的習慣來。於是太陽一落，人們便都覺得陰氣，誰也不再在這門的左近走。

反而許多烏鴉，不知從那里都聚向這地方。白晝一望，這鴉是不知多少匹的轉着圓圈，繞了最高的鴟吻，啼着飛舞。一到這門上的天空被夕照映得通紅的時候，這便彷彿撒着胡麻似的，尤其看得分明，不消說，這些烏鴉是因爲要啄食那門上的死人的肉而來的了。——但在今日，或者因爲時刻太晚了罷，却一匹也沒有見。只見處處將要崩裂的，那裂縫中生出長的野草的石階上面，老鴉糞粘得點點的發白。家將把那洗舊的紅青襖子的臀部，坐在七級階的最上級，惱着那右頰上發出來的一顆大的面皰，惘惘然的看着雨下。

著者在先，已寫道「家將待着雨住」了。然而這家將便在雨住之後，却也並沒有怎麼辦的方法。若在平時，自然是回到主人的家裏去。但從這主人，已經在四五日之前將他遣散了。上文也說過，那時的京都，是非常之衰微了；現在這家將從那伺候多年的主人給他遣散，其實也只是這衰微的一個小小的餘波。所以與其說「家將待着雨住」，還不如說「遇雨的家將，沒有可去的地方，正在無法可想」，倒是愜當的。況且今日的天色很影響到這平安朝（一）家將的 Sentimentalisme 上去。從申末下開首的雨，到酉時還沒有停止模樣。這時候，家將就首先想着那明天的活計怎麼辦——說起來便是抱著對於沒法辦的事，要想怎麼辦的一種毫無把握的思想，一面又並不聽而自聽著那從先前便打着朱雀大路的雨聲。

雨是圍住了羅生門，從遠處灑灑的打將過來。黃昏使天空低下了；仰面一望，門頂在斜出的飛甍上，支住了昏沈的雲物。

因爲要將沒法辦的事來怎麼辦，便再沒有工夫來揀手段了。一揀，便只是餓死在空地裏或道旁；而且便只是搬到這門裏來，棄掉了像一隻狗。但不揀，——則家將的思想，在同一的路線上徘徊了許多回，纔終於到了這處所。然而這一個「則」，雖然經過了許多時，結局總還是一個「則」。家將一面固然肯定了不揀手段這一節了，但對於因爲要這「則」有着落，自然而然的接上來的「只能做強盜」這一節，却還沒有足以積極的肯定的勇氣。

家將打一個大噴嚏，於是嬾嬾的站了起來。晚涼的京都，已經是令人想要火爐一般寒冷。風和黃昏，毫無顧忌的吹進了門柱間。停在朱漆柱上的蟋蟀，早已跑到不知那里去了。

家將縮着頸子，高聳了襯着淡黃小衫的紅青襖的肩頭，向門的周圍看。因爲倘尋得一片地，可以沒有風雨之患，沒有露見之慮，能够安安穩穩的睡覺一夜的，便想在此度夜的了，這其間幸而看見了一道通到門樓上的寬闊的，也是朱漆的梯子。倘在這上面，即使有人，也不過全是死人罷了。家將便留心着橫在腰間的素柄刀，免得他出了鞘，擡起登着草鞋的脚來，踏上這梯子的最下的第一級去。

於是是幾分時以後的事了。在通到羅生門的樓上的，寬闊的梯子的中段，一個男子，貓似的縮了身體，屏了息，窺探着樓上的情形。從樓上漏下來的火光，微微的照着這男人的右頰，就是那短鬚中間生了一顆紅腫化膿的面皰的頰。家將當初想，在上面的只不過是死人；但走上二三級，却看見有誰明着火，而那火又是這邊那邊的動彈。這只要看那昏濁的黃色的光，映在角角落落都結滿了蛛網的藻井上搖動，也就可以明白了。在這陰雨的夜間，在這羅生門的樓上，能明着火的，總不是一個尋常的人。

家將是蜥蜴似的忍了足音，爬一般的纔到了這峻急的梯子的最上的第一級。竭力的帖伏了身子，竭力的伸長了頸子，望到樓裏面去。

待看時，樓裏面便正如所聞，胡亂的拋着幾個死屍，但是火光所到的範圍，却比預想的尤其狹，辨不出那些的數目來。只在朦朧中知道是有赤體的死屍和穿衣服的死屍；又自然是男的女的也都有。而且那些死屍，或者張着嘴或者伸着手，縱橫在樓板上的情形，幾乎令人要疑心到他也曾爲人的事實。加之只是肩膀胸脯之類的高起的部分，受着淡淡的光，而低下的部分的影子却更加暗黑，啞似的永久的默着。

家將逢到這些死屍的腐爛的臭氣，不由的掩了鼻子。然而那手，在其次的一剎那間，便忘却了掩住鼻子的事了。因爲有一種強烈的感情，幾乎全奪去了這人的嗅覺了。

那家將的眼睛，在這時候纔看見蹲在死屍中間的一個人。是穿一件檜皮色衣服的，又短又瘦的，白頭髮的，猴子似的老嫗。這老嫗，右手拿着點火的松明，注視着死屍之一的臉。從頭髮的長短看來，那死屍大概是女的。

家將被六分的恐怖和四分的好奇心所動了，幾於暫時忘却了呼吸。倘借了舊記的記者的話來說便是覺得「毛戴」起來了。隨後那老嫗，將松明插在樓板的縫中，向先前看定的死屍伸下手去正如母猴給猴兒捉蝨一般，一根一根的便拔那長頭髮。頭髮也似乎隨手的拔了下來。

那頭髮一根一根的拔了下來時，家將的心裏，恐怖也一點一點的消去了。而且同時，對於這老嫗的憎惡也漸漸的發動了，——不，說是「對於這老嫗」，或者有些語病；倒不如說，對於一切惡的反感，一點一點的強盛起來了。這時候，倘有人向了這家將，提出這人先前在門下面所想的「餓死呢還是做強盜呢」這一個問題來，大約這家將是，便毫無留戀，揀了餓死的了。這人的惡惡之心，宛如那老嫗插在樓板縫中的松明一般，蓬蓬勃勃的燃燒上來，已經到如此。

那老嫗爲什麽拔死人的頭髮，在家將自然是不知道的。所以照「合理的」的說，是善是惡，也還沒有知道應該屬於那一面。但由家將看來，在這陰雨的夜間，在這羅生門的上面，拔取死人的頭髮，卽此便已經是無可寬恕的惡。不消說，自己先前想做強盜的事，在家將自然也早經忘却了。

於是乎家將兩脚一蹬，突然從梯子直躥上去而且手按素柄刀，大踏步走到老嫗的面前。老嫗的喫驚，是無須說得的。

老嫗一瞥見家將，簡直像被弩機彈着似的，直跳起來。

家將攔住了那老嫗絆着死屍踉蹌想走的逃路，這樣罵。老嫗衝開了家將，還想奔逃。家將卻又不放伊走，重復推了回來了。暫時之間，默然的叉着。然而勝負之數，是早就知道了的。家將終於抓住了老嫗的臂膊，硬將伊捻倒了。是只剩着皮骨，宛然鷄脚一般的臂膊，

「吠，那里走！」

「在做什麼？說來！不說，便這樣！」

家將放下老嫗，忽然拔刀出了鞘，將雪白的鋼色塞在伊的眼前。但老嫗不開口。兩手發了抖，呼吸也艱難了，睜圓了兩眼，眼珠幾乎要飛出窠外來，啞似的執拗的不開口。一看

這情狀，家將纔分明的意識到這老嫗的生死，已經全屬於自己的意志的支配。而且這意志將先前那熾烈的憎惡之心，又早在什麼時候冷却了。剩了下來的，只是成就了一件事業時候的安穩的得意和滿足。於是家將俯視着老嫗，略略放軟了聲音說：

「我並不是檢非違使（三）的衙門裏的公吏；只是剛纔走過這門下面的一個旅人。所以並不要鎖你去有什麼事。只要在這時候，在這門上，做著什麼的事，說給我就是。」

老嫗更張大了圓睜的眼睛，看住了家將的臉；這看的是紅眼眶，鷙鳥一般銳利的眼睛。於是那打皺的，幾乎和鼻子連成一氣的嘴唇，嚼着什麼似的動起來了。頸子很細，能看見尖的喉節的動彈。這時從這喉嚨裏，發出鴉叫似的聲音，喘吁吁的傳到家將的耳朵裏：

「拔了這頭髮呵，拔了這頭髮呵，去做假髮的。」

家將一聽得這老嫗的答話是意外的平常，不覺失了望；而且一失望，那先前的憎惡和冷冷的侮蔑，便同時又進了心中了。他的氣色，大約伊也悟得。老嫗一手仍揑着從死屍拔下來的長頭髮，發出蝦蟆叫一樣聲音，格格的說了這些話：

「自然的，拔死人的頭髮，眞不知道是怎樣的惡事呵。只是，在這里的這些死人，都是，便給這麼辦，也是活該的人們。現在，我剛纔拔着那頭髮的女人，是將蛇切成四寸長，曬乾了，說是乾魚，到帶刀(四)的營裏去出賣的。倘使沒有遭瘟，現在怕還賣去罷，這人也是的，這女人去賣的乾魚，說是口味好，帶刀們當作缺不得的菜料買。我呢，並不覺得這女人做的事是惡的。不做，便要餓死，沒法子纔做的罷。那就，我做的事，也不覺得是惡事。這也是，不做便要餓死，沒法子纔做的呵。很明白這沒法子的事的這女人，料來也應該寬恕我的。」

老嫗大概說了些這樣意思的事。

家將收刀進了鞘，左手按着刀柄，冷然的聽着這些話；至於右手，自然是按着那通紅的在頰上化了膿的大顆的面皰。然而正聽着，家將的心裏却生出一種勇氣來了。這正是這人先前在門下面所缺的勇氣。而且和先前跳到這門上來捉老嫗的勇氣，又完全是向反對方面發動的勇氣了。家將對於或餓死或做強盜的事，不但早無問題；從這時候的這人的心情說，所謂餓死之類的事，已經逐出在意識之外，幾乎是不能想到的了。

「的確，這樣麼？」

老嫗說完話，家將用了嘲弄似的聲音覆核的說。於是前進一步，右手突然離開那面皰，捉住老嫗的前胸，咬牙的說道：

「那麼，我便是強剝，也未必怨恨罷，我也是不這麼做，便要餓死的了。」

家將迅速的剝下這老嫗的衣服來；而將挽住了他的脚的這老嫗，猛烈的踢倒在死屍上。到樓梯口，不過是五步。家將挾着剝下來的檜皮色的衣服，一瞬間便下了峻急的梯子向昏夜裏去了。

暫時氣絕似的老嫗，從死屍間掙起伊裸露的身子來，是相去不久的事。伊吐出嘮叨似的呻吟似的聲音，借了還在燃燒的火光，爬到樓梯口邊去。而且從這里倒掛了短的白髮窺向門下面。那外邊，只有黑洞洞的昏夜。

家將的蹤跡，並沒有知道的人。

（魯迅譯）

（註一）市女笠是市上的女人或商女所戴的笠子。烏帽子是男人的冠，若不用硬漆，質地較爲柔軟的，便稱爲揉烏帽子。

（註二）西歷七九四年以後的四百年間。

（註三）古時的官司追捕，糾彈，裁判，訟訴等事。

（註四）古時春宮坊的侍衛之稱。

秋

一

信子從在女子大學時，就負才媛之名。差不多誰都認她早晚將成爲作家，在文壇裏出一頭地。有的竟至於隨處宣傳說她在就學中已作成了三百多頁長的自叙傳體的小說。可是從學校畢業以後，在抱育了還未從女學校畢業的她妹照子和她，而支撐着門戶的寡婦母親面前，也有不能儘顧自己的地方。於是她在從事創作之前，不得不依了世上的習慣先定婚姻的事。

她有一個名叫俊吉的表兄。他當時還進着大學文科，將來似也抱着投身文壇的志願的。信子與這表兄一向就親密來往着，自從談到所謂文學的共通話題以後，愈增親密。不過，他與信子不同，對於當世流行的托爾斯泰主義等，向不敬服，無論何時，總是吐嚼着法蘭西式的嘲諧或警語。俊吉的這種冷笑的態度，有時很使萬事誠實的信子憤怒難堪，可是她雖憤怒而在俊吉的嘲諧或警語中覺得也有不能輕蔑的某物在。

所以，她卽在未畢業時也常與他一同到展覽會或是音樂會去，不消說，這種時候，大抵是她妹照子也同伴的。三人在去時和歸時，很自由地一路談笑，不過照子有時卻被置在談話的圈外，照子儘少孩似地張望着店窗裏的洋傘或是絹披肩，自顧自走，對於自己被閒却的事，似乎也不感到甚麼不平。可是信子一覺到這，必立把話頭轉換，依舊和妹攀談。說雖如此，而忘記照子的，常就是信子自己。俊吉似乎甚麼都不在意，總是吐放着伶俐的滑稽語，在熙熙攘攘的人羣中，跨大了步慢慢地走。

信子與其表兄的交誼，無論在誰的眼裏，都會預想到將來二人的結婚。同窗們對於她的未來，原是羨而且妒，而不認識俊吉的尤甚（這原不可謂不是滑稽。）信子在一方雖打消她們的推測，而在他方有時却故意裝出眞有其事的樣子來。所以同窗們在未畢業時，早已把她和俊吉的樣子，像新郎新婦的照相一樣，各在腦子裏合做一處明明白白地印着了。

不料，畢業以後信子竟違反了她們的預期，突然和新近在大阪某商業會社服務的一個高商出身的青年結婚，并且結婚式後只二三日，就和新夫同到服務所在的大阪去了。據那時到中央車站送行的人說，信子仍和平常時候一樣，現了愉快的微笑，把容易流淚的妹照子多方勸慰着哩。

同窗們都怪異了。這怪異的心裏，却雜着高興的感情，和與從前全然意味不同的妒意。有的信賴她，把一切歸責於她母親的意志。有的懷疑她，說她突變了心。可是她們自己也知道，這種解釋到底不過是想像罷了。她爲甚麼不和俊吉結婚？在這以後的若干期間，她們一有機會，必把這疑問當作大問題來談論。過了兩個月光景，——她們全然把信子忘了，不消說，連她所要作的長篇小說的話頭也忘了。

信子在這當兒已在大阪郊外作了幸福的新家庭。她們住的地方，卽在附近一帶，也算是最閒靜的松林裏。松脂的香與日光——這兩種東西常於丈夫不在時，在新租的樓屋中管領着潑辣的沈默。信子在這樣的午後，每當無端地感到氣鬱時，必開了藏縫紉器具的小傢抽屜從底裏翻出那叠着的桃色紙的信箋來看。信箋上用鋼筆細細地寫着這樣的話；

『——一想到可與姊姊同在一處者只是今日，即在寫這信時，眼淚也不絕地迸出。姊姊，請寛恕我！照子在姊姊的可憐的犧牲之前，不知要怎樣說才好！

『姊姊爲了我的緣故，就把這次的婚事決定了。姊姊雖說不是如此，但我是明明知道的。那次一同到帝國劇場去的晚上，姊姊問我愛俊哥嗎？又說如果是愛的，那末姊姊必替你盡力，你可到俊哥那裏去。大概那時姊姊已看到了我想寄給俊哥的信了罷。在那封信失去的時候，我眞恨過姊姊，（請原恕，只這一事，我也不知怎樣地對不起你。）所以那晚姊姊的親切的言語，在我反以爲是譏誚，我的動了氣不曾作像答覆的答覆，這情形不消說你也不至於忘記的。過了二三日，姊姊的婚事突然決定了，我那時甚至於想死了來向姊姊謝罪哩。姊姊原也是愛俊哥的，（請勿隱瞞，我是很知道的啊。）如果沒有顧算到我自己必已嫁了俊哥了。可是，姊姊却屢次反覆地向我說不曾想着俊哥，後來終於和向不相識的人草草地結婚了。我的好姊姊！我今日抱了雞來，說「向要到大阪去的姊姊行禮，」你記得嗎？我是想叫了所養的雞也同來向姊姊謝罪的。那麼一來，弄得甚麼都不曾知道的母親也哭了哩。

「姊姊！明日你已要到大阪去了，但無論何時，總請勿棄姊姊的照子，照子每日朝晨一壁飼着雞，一壁記起了姊姊的事，在背了人暗哭着呢……。」

信子每讀這小孩口氣的信，必要落淚。一憶起從中央車站將上火車時，照子悄悄地把這信遞給她的神情，尤覺得說不出的可憐。可是她的結婚，果如妹子所想像，是全然犧牲性的嗎？這樣的疑念，在落淚後的她的心裏，常擴大為苦悶的心情。信子為欲避這苦悶，大抵一味把自己浸入在快悅的傷感裏。一壁凝視這時映在外面松林間的日光，看他漸漸地轉成黃的暮色。

二

結婚後不覺已三個月光景，在這裏面，她們也如一般的新婚夫婦一樣，過着幸福的日子。

丈夫是個帶有女性的寡言的人物，每日從會社回來晚飯後的幾小時，總是和信子一塊兒過的。信子動着編物的針子，有時也談近來世間所喧傳的小說或戲曲的話，在這談話中，偶然也有把基督教氣的女子大學趣味的人生觀羼入的事。丈夫酡着晚酌後的臉，把晚報放在膝間，有趣味地聽她，却是可以稱作他自己意見的話，一句也不會有參加過。

他們差不多每逢星期，就到大阪或其附近的遊覽地去過閒散的一日。信子每於乘火車或電車的時候，對於那隨處飲食不以爲意的關西人，很是鄙薄，覺得柔和的丈夫的態度，在這點上也已上品可愛。丈夫漂亮的狀貌，一雜在那些人們中，眞覺得自帽子，上衣，以及赤色的靴子，都會放出一種化粧肥皂似的清新的空氣來。至於夏季休假中去看舞妓的時候，和在同一場內的丈夫的同事們比較了看，尤不覺要起矜誇的心情。可是，丈夫對於這些卑俗的同事們，却似乎意外的很親密着。

在這期間，信子記起久已高閣了的創作來，於是揀丈夫不在家時，每日伏案一二小時。丈夫聞知這事，說『眞個要成女流作家哩！』在柔和的唇間露出微笑給她看。可是，雖伏着案，筆却意外地不進，她常茫然地手托了頭，傾聽那炎天松林間的蟬聲。

殘暑快將轉爲初秋的時候，有一日，丈夫正預備到會社裏去，要想把汗污的領頭更換，可是不湊巧，所有的領頭如數在洗衣作裏，家裏一條也沒有存着。丈夫近來正喜修飾，分外不快似地洗下臉來，一壁吊着背帶，一壁不覺說出『只做小說是不行的』的厭語。信子只是默然地俯了眼，把上衣的塵埃拂着。

過了二三日，有一晚，丈夫從晚報上所登着的食糧問題，說到每月的費用不能再減省些嗎，『你也不是永久做女學生的』——這樣的話也出之於口了。信子一壁不得要領地回答，一聲正在紗上替丈夫繡着領帶。丈夫却意外地執着追究，『就說這領帶罷，不還是買現成的便宜嗎？』仍是執拗了說。她更不會開口了。丈夫於是蒼白了臉，沒趣似地只管讀商業上的雜誌等類。等到寢室的電燈熄了以後，信子把背向丈夫時，用了輕微的聲音說『以後永不再做小說了。』可是丈夫仍默着。過了一會，她用了比前還低的聲音反覆再說同樣的話，隨後卽露出泣聲。丈夫叱了她幾句，她的啜泣聲，在好久以後，還斷續不已。可是，不知在甚麼時候，信子又全然緦着丈夫了。

第二日，他們依舊變作了要好的夫妻。

却是在這以後，過了十二時丈夫還未從會社回來的晚上也有，而且等到回來的時候，酒臭撲鼻，至於連雨衣都不能自己脫除。信子縐着眉頭，殷勤地替丈夫更換衣服，丈夫却毫不爲意，硬了舌頭說譏諷話。『今夜我不回來，小說想做了不少了罷。』——這樣的話，屢次從他女人樣的唇間流出。這晚她上了牀，不覺落淚。如果照子見了這光景，不知要怎樣地給我一同哭啊！照子，照子，我所心賴的，就只你一人啊！——信子時時在心裏呼着妹子，一壁爲丈夫的酒臭的睡息所苦差不多全夜沒有合眼，只是輾轉反覆。

可是，一到了第二日彼此又自然地和好了。

這類事情反覆了好幾次秋漸漸地深了。信子伏案執筆的時候不覺也少起來。丈夫在這時，對於她的文學談也不像以前地有興味。她們每晚在長火鉢旁對坐了，只是把時間消磨在瑣屑的庭家經濟談裏。并且，在晚酌後的丈夫也似以這種話題爲最有興味。信子有時鄙夷似地偷看丈夫的顏色，可是他却毫不關心，嚙咀着新留的髭鬚，用了平常所沒有的快活的態度把甚麼『照這樣子，如果有了小孩……』等類的話來周徧地想了說。

這裏面每月的雜志上，漸漸有表兄的名氏了。信子自結婚後就像忘了似地和俊吉未曾通過信。他的動靜——像甚麼已由大學文科畢業，新近在組織同人雜誌之類，都只是由照子的信裏知道的。并且，在這以上也不想知道關於他的事。可是，一見雜誌上載有他的小說，依舊覺得難忘她，翻着紙頁好幾次地獨自微笑。俊吉在小說裏也仍把冷笑與諳諳兩種武器，像宮本武藏（寬永年間有名的二刀流的劍客——譯者注）的用着。也許是心理作用罷，在她覺得這輕快的諷刺的背後，潛藏着表兄從前所沒有的寂寞的自棄調子。同時又覺得自己這樣想，是在替他瞎操心。

信子從這以後，對於丈夫更加溫柔。丈夫在夜寒中隔了長火鉢，常可見到她的快活微笑的面龐。臉上也比以前化粧得後生。她一壁做着針線，一壁談到她們在東京結婚當時的記憶。丈夫對於她記憶的細密，既覺得意外，又覺得歡喜。『你竟連這種事都還記得。』——丈夫這樣嘲戲她時，她只默然地用眼送過帶媚的回答去。至於爲甚麼如此不忘，她自己內心也常覺得奇怪。

不久，母親信來，報告信子以妹子已訂婚的事。信中並附說，俊吉爲娶照子，已在山手的某郊外設備新屋了。她卽對母親和妹子寫長長的賀信。『此間無人照料，吉期恨不能親到……』——在寫這種文句時，她自己也不知是何緣故，屢次筆滯寫不下去。在那時候，她必舉眼去凝望屋外的松林，松在初冬的天空下，簇簇地作了蒼黑色繁茂着。

當夜，信子夫婦就以照子的結婚作了話題。丈夫露了照例的微笑，把她所學的妹子的口調，有趣地聽着。可是在她，覺得竟像自己在和自己說着關於照子的事。『哦，睡罷。』——二三小時以後，丈夫擦着柔弱的鬍鬚，倦怠似地從長火鉢前離開了。信子還未曾把送妹子的禮物決定，用了火箸只管在爐灰上劃着文字。這時急擡起頭來，說『但是，奇怪呢，一想到我也竟會有一個弟弟——』『這不是當然的嗎？因爲你有妹子，』——她被丈夫這樣說了，仍作着沈思的眼光，一語也不回答。

照子與俊吉，在十二月中旬行結婚式。那日將要到午，紛紛地下起雪來。信子獨自喫了午餐以後，食時的魚腥黏在口裏只管不去。『東京不知也下雪不下？』——信子一壁這樣想，緊緊地靠下那薄暗的喫飯間裏的長火鉢邊去。雪愈下得利害了，可是口中的魚腥，還是執拗地不消退。

三

信子於第二年的秋裏，和帶了社務的丈夫同到了久別的東京。丈夫是要於短日期內幹好許多事的，除了纔到時和她同往她母親那裏作過一次形式的探望以外，差不多一日都沒有傾了她同伴外出的機會。所以她於訪她妹子夫婦郊外的新居時，也只好從新闢地冷落的電車終站，獨自在人力車上顛搖着去。

他們的家，在街屋盡頭快要到葱田的地方。鄰近都是放租的新造房子，窄狹地並了建着。有叩環的門，樫樹的籬笆，以及曬衣竿上的洗濯物——無論甚麼家家都是劃板一樣。這平凡的住屋，頗使信子失望。

她打招呼時，應聲出迎的，意外是她的表兄俊吉。俊吉仍和從前一樣，一見了這珍客的面，就『呀』地揚出快活的聲來。她見他已不是從前的短髮頭了。『久違了，請上來，不湊巧，只我一人在此呢。』『照子呢？不在家？』『買物去了，連女用人也不在。』——信子無端地覺到難爲情起來，隨把那上着華麗裏子的外套在門口脫去。

俊吉導她坐在書齋兼客堂的八鋪席室裏，室中但見到處亂雜地叠着書。那當着午後陽光的窗邊小紫檀桌周圍，尤其滿散着雜誌新聞和原稿用紙，幾乎手都放不下。其中可以說明新妻的存在者，只有在掛畫的壁旁立放着的一張新的琴而已。信子對於這四周的光景新奇似地看了好一會。

『要來呢，是從信上早知道了的，今日來却不知道。』——俊吉燃着了紙煙，用了一向的親愛的眼色。『怎麼樣？大阪的生活？』『倒要問俊哥怎樣幸福？』——信子在那三言兩語的當兒覺得從前的親暱，仍蘇醒了過來了。信都不大來往地忽忽二年來的不快的記憶，却意外地不使她難過。

他們在同一火鉢上靠着手，談起種種的事來。俊吉的小說呀，共通友人的消息呀，東京與大阪的比較呀，話題的多，至於說也說不盡。可是兩人好像曾經約過的樣子，全然不觸到生活方面的問題。這使信子更加覺得像個在和表兄談話。

可是，沈默也時時到二人間來。在那時候，她總是微笑着，把眼光落在火鉢的灰上。這其中，有不能說是期待而却隱微地期待着甚麼的心情。不知是故意或是偶然，俊吉總常立刻別覓了話題，來把這心情打破。她去偷看表兄的面孔時，見他仍泰然地吸着紙煙，也並看不出有甚麽不自然的表情來。

不久，照子回來了，她一見了姊的面，幾乎喜得連握手都不能。信子也從唇間現出微笑，而眼裏不覺已溼了淚。兩人暫時把俊吉丟在一邊，相互道問着去年以來的生活。特別地是照子，她紅潤着兩頰，連關於所養的雞的事，也不忘對姊姊說。俊吉銜着紙煙，快意似地看了她們兩個，仍是嘻嘻笑着。

這當兒女僕也回來了。俊吉從女僕手裏接得幾枚郵片，就立刻在旁邊桌上伏了颯颯地走着鋼筆。照子知女僕也不在，露出驚異的神色：『那末姊姊來的時候，誰都不在嗎？』『呃，就只俊哥。』——信子回答時自己也覺得在裝作坦然。同時俊吉背向着那方也說：『要謝謝丈夫啊，這茶也是我冲的哩。』照子和姊面面相覷了，狡猾地『嘻』地一笑，而對於丈夫却故意一語都不回答。

過了一回，信子和妹子夫妻共圍晚餐的食桌了。據照子的說明，菜裏所用的雞蛋，都是家裏的雞生的。俊吉一壁給信子斟葡萄酒，一壁嚼說『人間的生活，都是由掠奪成立的嘛，小之從這蛋起——』等社會主義樣的理論。其實在這三人中最喜喫蛋的，不消說就是俊吉自己。照子說這是可笑，發出了小孩似的笑聲。信子在這食桌的空氣中，禁不住記起那在遠方松林中寂寞的喫飯間的黃昏來了。

談話在飯後的果物喫完以後，還未完結。帶着微醺的俊吉，胡坐在秋夜的悠閒電燈下，大弄其他一流的詭辯。那議論風生的光景，使信子重恢復了一回當年的心情。她放了熱烈的眼光說，『我也來做做小說看』表兄卽借了古爾蒙（Gourmont）的警語來作回答。就是那『因爲繆斯（Muses）們是女子，能把她們自由捕虜的只有男子』的話。信子和照子同盟着不認古爾蒙的權威，『那末不是女子就不成音樂家，阿樸洛（Apollo）不是男子嗎？』——照子至於認眞地說這樣的話。

不覺夜深了，信子終於留宿在那裏。

在睡以前，俊吉開了廊下的板門，只穿了寢衣，走下狹小的庭間去。既而也不知在呼雖，高聲地喊『來看哪，好月亮呢。』信子獨自跟在他後面，把足伸到階石上的下駄去。在已去了襪的她的足上，感到露水的寒冷。

月亮正在庭隅瘦弱的檜樹梢間，表兄立在這檜下眺望着薄明的夜空。『長得很多的草呢。』——信子從荒蕪的地上怯怯地踏近他那裏去。他仍望着天空，只唧咕了說『十三夜哪。』

沈默了好一會以後，俊吉靜靜地回過眼來，說『去看看雞舍嗎？』信子默然點頭。雞舍恰在和檜樹正反對的那隅，二人並了肩緩步到了那裏。蘆席圍以外，只有帶雞氣息的朦朧的光與影而已。俊吉張望着那小舍，差不多好像在獨自說的樣子，輕輕向她道：『正睡着，』『被人取去了蛋的雞』——信子立在草中，不禁這樣想。

二人從庭間回到屋內時，見照子正獨坐在丈夫書案前，茫然地凝視着電燈，——那傾斜了裝置着的嵌在綠色罩裏的電燈。

四

翌晨，俊吉着了那在他算是最考究的洋服，食畢匆匆地出門，說是爲亡友一周忌日參墓去的。『好嗎，等我的哩，到午必定回來。』——他一壁着外套，一壁囑咐信子。她只在纖細的手上替他攜着呢帽子，默然地微笑。

照子送了丈夫出門以後，請姊對坐在長火鉢的那方，殷勤地荐茶。雜談關於鄰家主婦的話，訪問記者的話，以及和俊吉同去往觀過的某外國的歌劇團的話，——此外似乎還有許多愉快的話題。可是信子却無興致，她雖在勉強敷衍作答，自覺已是心不在焉，這態度後來似乎連照子都覺到了。『爲甚麼？』——妹子凝視了她不放心地探問，可是信子自己也不明白是爲了甚麼。

掛壁鐘打過十時，信子舉起倦怠的眼來說，『俊哥還似乎不會就回來呢。』照子被姊引動了也把鐘望了一眼，却意外冷淡只答說一聲『還——。』信子在這言語裏覺到那厭飽了丈夫的愛的新妻的心情。她一想到這，不禁愈加傾於憂鬱起來。

『照姑兒幸福啊！』——信子把頭埋入領內去，一壁取笑似地這樣說。那所潛存着的眞正的羨望的神情總不能流露出來。照子却天眞爛縵，仍快活微笑了故意眼睛一白，說『記着，』接着又討好似地加說『就是姊姊自己也幸福。』這話却把信子打動了。

她微擧了眼眶，回問『你忖是這樣？』問了即自後悔。照子一時也露出怪異的神情，和姊面面相覷着，那臉上現出後悔之色。信子勉作了微笑說，『至少能被人這樣忖，也是幸福啊。』

沈默來到二人之間了。她們不覺都傾耳於在濶達的時鐘之下的長火鉢中開水壺的沸聲。

『但是，哥哥難道不溫和？』——過了一會，照子低聲恐懼似地問。那聲音裏，顯含着憐憫的調子。信子對於這憐憫的態度很是不快。她只把新聞展在膝上，俯伏了眼，故意默然不答。新聞上也和大阪一樣地載着米價問題。

不久，靜靜的喫飯間中微微地聞到有泣聲，信子把眼離開新聞，見妹正在長火鉢的那面用袖掩着臉孔。『何必哭呢』——照子雖經姊這樣勸慰，仍是哭泣不已。信子一壁感着殘酷的喜悅，一壁把無言的視線，注在妹子的震動着的肩部。過了一會，似乎怕女僕聽見，將臉湊近了照子，低聲地說，『如果我有對你不起的地方，就向你賠罪。只要照姑兒幸福，就比甚麼都歡喜。眞的囉，如果俊哥替我愛着照姑兒——』說時，她的聲音爲自己的言語所感動，漸漸地帶感傷起來了。這樣一來，照子突然放下了袖子，把淚溼的臉擡起。在信子的眼中，竟看不出她有悲哀與憤怒的樣子，只覺有勃不可遏的嫉妒之情，燃燒似地在瞳中放射着。『那末，姊姊——姊姊爲甚麼昨夜又——』照子沒有說完，又把袖掩了臉，發作地大哭起來了。

二三小時以後，信子在有帷的人力車上，搖着到電車的終站去。她眼所見到的世界，只是前面車帷上的一個小明角窗。市外式的家屋，以及變了色的樹梢，都不絕地徐徐向後流去，如果要在這裏面尋一個不動的東西，那末只有那浮着白雲的寒冷的秋空了。

她的心是沈靜的。可是支配着這沈靜的東西，無非就是寂寞的覺悟。照子發作完了以後，和解與新的眼淚，很容易地使二人依舊做要好的姊妹。可是事實卻仍作了事實留在信子的心內，到現在也不消去。她不待表兄回來，將身坐到車上去的時候，心中早如壓了一塊冰，覺得和妹子已是路人了。

信子忽然一舉目，從車帷明角窗中，見表兄正擕了行杖從塵雜的街路上來。她心動了，停車呢，還是讓他逗出呢？她努力把悸動抑住，在車上躊躇到沒辦法。俊吉和她的距離，漸漸近來了。他正浴着淡薄的日光，在水窪潭很多的路上慢慢地動着靴子。

『俊哥』——這聲音在一瞬間幾欲從信子的唇間流出，實際俊吉這時已就在她的車旁了。可是她仍是躊躇。這當兒甚麼都不知道的他，終於逗出到車後去了。陰沈的天空，稀疏的街屋，黃褐色的高高的樹梢，——接着依然只有行人稀少的郊外的街道。

『秋——』

信子在微寒的車帷中，全身感到了寂寞，不禁只管這樣想。

（丏尊譯）

袈裟與盛遠

上

夜裏，盛遠在短垣的外邊，一面眺望着月色，一面踏着落葉，沉浸在深思裏。

他的獨白

月亮已經出來了！平時望月色望到心焦的我，只有今日，一到月明，却忽然害怕起來！有生以來直到今日的我，便要在這一夜裏失去自明日起已成爲一殺人犯了！這樣一想，不由得身體震顫起來，試去想像想像看這兩隻手用血染成赤色的時分罷！那時的我，卽在我自身看來，怕也成爲一怎樣可咀呪的東西了！假如我所殺的，是我所憎惡的對手，那末，我正用不着這樣煩憂地去思慮；但是今夜我却不能不去殺一個我所不憎惡的男人。

那男人，我從前就認識的。渡左衛門的名姓，却因了這次的事才知道。但認識了他那雖是男性却過於柔和的白色臉孔，究在何時，可記不清了。當我知道他是袈裟的丈夫的時候，一時裏也起了嫉妬之感，原是事實。但到了此刻，那嫉妬早已在我心上不留一點痕跡，乾淨地消失去了。因此渡對我，雖說是戀愛的仇敵，却也沒有什麼可憎，更沒有什麼可恨。否，否，便說我是同情於那男人的，怕也無不可罷。當我從衣川口裏，聽到渡爲要得袈裟的緣故，眞不知費了多少心機的時候，甚至覺得那男人可愛的事，也曾有過。渡一心要想袈裟爲妻，不是特地連學習歌曲的事都去做過的麼？若一想像那眞摯的武士的戀歌，我便不知不覺地微笑浮起於唇邊。但是那決不是嘲弄的微笑，實在是想着這樣地獻媚女人的那個男子的可憐！或者也許是爲了他向着我愛的女人就那樣獻媚的熱情，給了做她愛人的我一種滿足罷。

但是這樣說來，我怕還愛着袈裟的麼？實在我和袈裟的愛，可分作今昔兩個時期。我在袈裟和渡還沒有訂婚之前，我已經愛着袈裟了。或者說，自己想是愛着她了。但到現在，記起來，那時我的心眞含着許多不純的東西。我在袈裟身上追求的，究是什麼？在童貞時代的我，明明白白是要求着袈裟的肉體罷了。假如容許一點誇張，我對於袈裟的愛那個東西，實在也不過是把這慾望美化了的一種感傷的心情罷了。和袈裟斷絕了交涉後的三年間，不錯，我眞的不能忘記那女人的事；但是假如三年前我已知悉了她的肉體，我還能依然照樣地不忘記她，繼續想念着她麼？眞難爲情！我却沒有回答一個「是」字的勇氣，這便是明確的證據。我對於袈裟以後的愛着，却有未知悉那女子肉體的留戀，混雜其間，因此抱着悶悶之情，畢竟陷入我所恐懼所期待的現在的關係裏面了，但是現在呢？讓我問一問自己罷，「我怕還愛着袈裟的麼？」

然而在回答這問題之前，無論願意與否，我却不能不把糾紛的事件追憶起來。——渡邊橋落成祭的時候，相別三年偶然和袈裟重逢的我，在此後半年中，爲要造成幽會的機緣，眞試盡了萬般的手段，且也居然成功了。否，否，不但造成了幽會，那時就連袈裟的肉體也和夢想着一樣，得以知悉了。然而支配着「當時的我」的東西，應未必便如前所說僅僅是對於不知那女子的肉體的留戀。我在衣川家裏和袈裟同坐在一間房子的席上，已經感得這留戀不知在何時早就變成稀薄了，那也是爲了我已非童貞在這樣場所裏，很足以使我的欲望緩和罷。而且除此外還有一個主要原因便是那女子的容顏已是逐漸衰褪了。實在現在的袈裟，已不是三年前的袈裟！皮膚早巳失了光澤兩眼的周圍，却各圈了一重薄黑的暈。頰前顋下的那以前的豐盈的肉早已歸諸子虛烏有了！若說到依然沒有變改的東西，怕僅僅是那雙瞼皮的有黑而大的瞳子的一雙水汪汪的眼睛罷！這變化對於我的欲望確是個可怕的打擊。我在睽隔三年之後的第一次和她對坐時節，我還明確地記得那時眞感到那樣强烈的衝動，不知不覺便把視線移開了的。

然而比較的不曾感着如前所說那樣的留戀的我，爲什麽却和她生了關係呢？我第一就爲奇妙的征服心所動了，袈裟每和我相會晤，總把她對於丈夫渡所有的愛情，故意地誇張地說給我聽。然而在我呢，那樣的話，始終不過使我僅僅起了一種空虛之感！「這女人對自己的丈夫，懷有虛榮心。」我這樣地想；「或者這怕是不願求我憐憫的反抗心的表現，也未可知。」我又這樣地想過。而且同時要想使這誑言暴露的心情，時時刻刻很強烈地向着我活動。若問「爲什麼要把那話認作誑言」若說「所以要認作誑言，無非自己有了自負罷；」那末在我原也沒有抗辯的理由。但是我依然相信那是誑言，而且現在也還是相信着，

但是那征服心也並不是支配「當時之我」的一切。此外——就是僅僅這樣地說一說，我覺得我的臉已紅了，我此外還被純粹的情欲支配着呢！那也不是沒有知悉了那女子的肉體的留戀。實在是更下等的，對手不必定要那女子的，一種爲欲望的欲望罷。恐怕連那尋歡買笑將女人作傀儡看的男子也不像那時的我那麼樣的卑劣的罷！

總之，我因了這種種動機，終於和袈裟生了關係；與其那樣說還不如說眞個侮辱了袈裟。現在回到我最初所發的疑問，——否，我究竟愛不愛袈裟，就算對着我自身，現在更沒有再問的必要。毋寧說，我有時對於她，眞感到憎惡。尤其是在事情完結以後，粗魯地抱起了泣而伏着的她的時候。袈裟似乎是一個較這沒廉恥的我更其沒廉恥的女人。蓬鬆

的亂髮！那汗汚了的臉上的脂粉沒有一件不顯示出那女子身和心的醜。若是那刻的我說是曾經愛過她的；那末那愛便以那日作爲最後。永久地消失去了。或是說直到那刻的我，從未曾愛過她的，那末說就那日起，在我心中已生了新的憎惡，也無妨的。但是，呀！呀！今夜豈不是我却爲了我不愛的女人，要去殺那我不憎惡的男人了麼。

那也全不是別人的罪。我用着我自己的口公然地說出了的「把渡殺却了罷」——我一想把口貼近她的耳這樣地囁嚅時的事，連我自己也疑心是已發了瘋麼，然而我却這樣地囁嚅了。一面想總不至說出的，但却也竟咬緊牙齒，囁嚅了地說了。我究竟爲什麼願意說出了的，即到現在追想追想看，却無論怎樣總也不能明白。然而若要牽強地想起來，想是爲着愈輕蔑這女人，爲着愈覺得這女人可憎，我便不禁愈想要加以凌辱了。若要達到這凌辱的目的，實在怕沒有比殺却了袈裟買弄自己恩愛的丈夫渡左衛門，且使她不論願否，承諾了這個陰謀，更適合的事；所以我完全和一個被惡夢所襲擊的人一樣，竟無理地，把這自己不願做的殺人的事居然向這女人勸說了的罷。倘以爲我說出殺渡一事的動機單單基着上述的這些是不充分的，那麼後來怕有一種凡人所不知的力，誘引了我的意志而陷入到邪道的罷。除此而外，實在也不能有別的解釋。總之我却執着很深地三番四復把同樣的事，在袈裟耳畔囁嚅着說了。

這麼一說，袈裟遲延了片刻，突然地正想要擡起頭來的當兒，却很率直地說了承認我這謀計的答復。然而我對於這答復的輕易眞感到意外萬分了。看一看袈裟的臉龐，竟有了一種從前未曾見過的不可思議的光耀存蓄在她的眼裏。姦婦！我立刻感到了這二字。同時更有一種近乎失望的心情，突然間把這陰謀的恐怖，在我眼前展開了。其間那女人淫亂的，凋殘的容色的可厭，更始終凌辱着我。這原也用不着特別細說的。眞的，假如做得到的話，我極願在那時，當場便破了這一個密約。而且也極願大大地羞辱這不貞的女人一番呢！這樣一來縱使我戲弄了這女人，然而在義憤之後，我的良心也許能找到一個避難所罷。但爲什麼我終於沒有那樣的餘裕呢？完全看透我的心情似地急遽間變了表情的——她疑視着我的眼兒的時分——我正直地自白，——我之所以陷入到去結那